クリストフ・マルティン・ヴィーラント

王子ビリビンカー物語

小黒康正 訳

同学社

訳者まえがき

本作品は、大きな物語の中の小さな物語、小説の中で語られる小話です。しかし、単なる挿話《そうわ》ではありません。ドイツで最初のロマーン（長編小説もしくは小説）に挿入されたメールヒェンであり、しかも世界で最初の創作メールヒェンなのです。創作メールヒェンについては、「解説　創作メールヒェンとしての『王子ビリビンカー物語』」で改めて説明しますが、作家によって創作された空想的な物語と取りあえずご理解ください。言うまでもなく、世界で最初の創作メールヒェンは、世界文学史上、重要な意味を有します。しかし、ここではあまり難しい話はよしましょう。ただし、作品理解のために予めお伝えしておかなければならないことがあります。挿話がときどき中断されて、小説の人物たちの発する言葉が入り込んでくるのです。その辺の事情を含め、作品理解のため、以下、簡単な解説をしておきます。

ドイツにおけるロマーンは、クリストフ・マルティン・ヴィーラント（一七三三―一八一三）に端を発します。ドイツ啓蒙主義期を代表する作家の主要作品として、一七六六年から一七六七年にかけて出された『アガトン物語』（義則孝夫訳、私家版、二〇〇二年）と一七七四年から一七七六年にかけて公にされた『アブデラの人々』（義則孝夫訳、三修社、一九九三年）を挙げておきましょう。これら二作品公刊以前の一七六四年、ヴィーラントはセルバンテス『ドン・キホーテ』とフランスの妖精物語を範としながら、『妄想に対する自然の勝利　すなわちロザルヴァのドン・シルヴィオの冒険。不思議なことがことごとく自然に起こる物語』という作品を世に問いました。タイトルはこのように長いので、以下、この小説を『ドン・シルヴィオの冒険』と略すことにしましょう。

主人公ドン・シルヴィオは、十八世紀の中頃、スペインのヴァレンシア地方にある城に独身の叔母《おば》とともに住んでいました。叔母は大の男嫌いで、美女と恋愛を描く妖精物語を諸悪の根源と見なし、騎士物語だけを甥《おい》に読ませたのです。しかし、ドン・シルヴィオは騎士物語ではなく、亡き父の愛読書であった妖精物語を叔母の目を盗んで読みふけります。その結果、自らの豊かな想像力が災いして、現実と妄想の区別がつかない状態に次第に陥っていくのです。こうして「不思議なことがことごとく自然に起こる物語」として、妹を捜し求める主人公の「冒険」が始まります。三歳の時に行方不明になった妹は、ドン・シルヴィオによれば、妖精にさらわれたためにいまだ帰ることができません。主人公は十七歳の時に散歩の途中で助けたアマガエルを妖精だと確信しますが、こうした「妄想」を城の者たちは笑い飛ばします。物語の後半、いまだ「妄想」に取り憑《つ》かれているドン・シルヴィオに対して、周囲の者たちは彼が妖精物語と現実との区別をできるように試みるのです。その中で最も決定的な試みが哲学者ドン・ガブリエルによって一同の前で語られる妖精物語、すなわち『王子ビリビンカー物語』でありました。

　このように物語の登場人物が作中で別の物語を語るという文学は、枠形式を有するという意味で「枠物語」と称されています。繰り返しになりますが、枠の内側にあたる挿話がときどき中断されて、枠の外側にあたる小説の人物たちが聞いている挿話について見解を述べるのです。それでは、作品理解のために、枠の内側と枠の外側の登場人物をそれぞれ簡単に説明しておきましょう。なお、『ドン・シルヴィオの冒険』には他に登場する人物がいますが、『王子ビリビンカー物語』の話し手と聞き手にかぎり挙げておきます。

●『王子ビリビンカー物語』の登場人物

ビリビンカー　ハチミツによって育てられた王子
太鼓腹《たいこばら》の王　ビリビンカーの父親
メリゾッテ　大きなミツバチ姿の妖精
カプロジーネ　黒ヤギ姿の妖精
カーラムッサル　王子をビリビンカーと名づける大魔術師
ガラクティネ　乳《ちち》しぼり娘
パドマナバ　老魔術師
グリグリ　老魔術師によってマルハナバチに変えられた土の精《グノーム》
クリスタリネ　老魔術師によっておまるに変えられた風の精《ジルフィーデ》
ミラベラ　老魔術師によってワニに変えられた水の精《オンディーヌ》
フロックス　老魔術師によってカボチャに変えられた男の火の精《ザラマンダ》
ザラマンダリン　老魔術師によって姿が見えなくされた美しい女の火の精《ザラマンダリン》
カラクリアンボリックス　ガラクティネを連れ去る巨人

●『ドン・シルヴィオの冒険』の登場人物

ドン・シルヴィオ　妖精物語の読み過ぎで現実と妄想の区別がつかなくなった若者
ドン・ガブリエル　「王子ビリビンカー物語」を物語る哲人
ドン・オイゲニオ　物語の聞き手
ドナ・フェリシア　物語の聞き手
美しいヒヤシンス　物語の聞き手

世界で最初の創作メールヒェンはいやしの物語でした。ドン・シルヴィオは、ドン・ガブリエルが語る物語を聞いて、妖精が実在するという自らの確信を強めます。つまり、聞いた話を「実話」として理解するのです。しかし、ドン・ガブリエルによって物語が「実話」ではなく「創作」であり、妖精は実在しないという説明を受けると、ドン・シルヴィオはすっかり落胆してしまいます。さらに、美しいドナ・フェリシアは、妖精物語の読み過ぎから始まったドン・シルヴィオの想念が完全に「妄想」にすぎなかったことを説得的に説明するのです。さまざまな事実を知ったドン・シルヴィオは、次第にドナ・フェリシアに対する尊敬の念を心に抱きながら、もはや「妄想」ではなく、いまや「愛情」に支配されていきます。

挿話としての『ドン・シルヴィオの冒険』は、「毒をもって毒を制す」でしょうか、小説の中でいわば否定されますが、このように小説全体の中で決定的な役割をはたすのです。

『ドン・シルヴィオの冒険』は、ドン・シルヴィオとドナ・フェリシアの結婚が認められ、人々の歓喜に満ちた大団円で幕が閉じられます。小説全体のこうした結末は、部分である『王子ビリビンカー物語』の結末と決して無縁ではありません。世界で最初の創作メールヒェンは、ドイツで最初のロマーンと内容的にも形式的にも深く結びついているのです。ただし、皆さんの楽しみを損ねてしまわないためにも、これ以上、話の内容に触れるのは控えます。

また、同じ理由から、訳者による注は本文内に短めに組み込みました。物語の冒頭に挙げられているストラーボとマルティニールという名前からしてそうだと思いますが、この物語には説明を必要とする言葉が少なくありません。あまり注が多すぎると読むのに煩《わずら》わしいですが、まったく無いとそれはそれで読みにくいはずです。このように考えて、かぎ括弧で示されている訳者注は必要最低限にとどめました。言うまでもありませんが、通常の括弧で示されている部分は、作者のヴィーラントが挿入した言葉です。なお、先に挙げましたストラーボとマルティニールにかぎり予め説明しておきますと、前者は古代ギリシアの地理学者であり、後者は十八世紀のフランス人地理学者マルティニエールに対するほのめかしに他なりません。このように物語は、さまざまなパロディーやユーモアに満ちあふれているのです。

本邦初訳ということもあり、いささか「訳者まえがき」が長くなってしまいました。世界で最初の創作メールヒェンとは、どんなお話だったのでしょうか。後は皆さんも、聞き手の一人となって、哲人が物語る奇想天外なメールヒェンをどうぞお楽しみください。

王子ビリビンカー物語

　ストラーボもマルティニールも言及していないある国に、かつて一人の王がいた。王は歴史家たちにほとんど報酬《ほうしゅう》を与えなかったので、一同は復讐《ふくしゅう》の念からお互いに一致団結して、王の存在すらも後世に疑わしいものにした。しかしながら、意地の悪いあれやこれやの手練《てれん》手管《てくだ》をもってしても、信頼するにたるいくつかの史料の保存を妨げることはできず、それらを目にすると、王について言われたおおよそのことがことごとく分かる。史料によれば、ある種気だてのよい王であり、一日に四度の食事と十分な睡眠をとり、平穏無事を愛するあまり、自分の前で剣、銃、大砲などの単なる名前を出すことすら重罰を科して禁じた。王の体つきで最も目立つのは（と上述の史料に書かれているが）あまりにも堂々と張り巡らされた太鼓腹《たいこばら》で、この点では当時の極めて偉大な君主たちでもこの王に勝る者はいなかったほどだ。生前つけていたらしい「大王」という添え名が件《くだん》の太鼓腹もしくは人知れぬ他の理由から王に与えられていたのかどうかについて何も確かなことは言えないが、しかし、国中を見渡してもこの添え名が原因で誰一人として血一滴たりとも流す者がいなかったことはかなり間違いない。皇帝陛下の民に対する愛情ゆえに、そしてまた一族の皇位継承維持のために、陛下が結婚することがいかにも大事であることから、学術アカデミーは生まれつき大きい王の太鼓腹や他の諸事情によって、国民の希望を満たすにたると思われる王女の姿を定めるのに少なからず関与せざるをえなかったのである。アカデミーの一連の会議が長く続いた後、求められた人物像が、それもアジアの全宮廷に送り出された相当数の使節派遣によって所定のモデルと一致する王女が、ついに見出されたのであった。王女の到着をめぐる喜びは格別であったが、床入《とこい》りの儀があまりに豪奢《ごうしゃ》に繰り広げられたので、王の臣下の少なくとも五万組のカップルが結婚の出費負担で皇帝陛下を援助しようとして独身にとどまる決意をしなければならなかったほどだ。アカデミーの会長は、当時の最もひどい幾何学者《きかがくしゃ》であったにもかかわらず、上述の発見の誉《ほま》れをことごとく一身にもたらす術《すべ》を心得ていたので、今や自分の名声はすべて王女が身ごもるかどうかにかかっているとかなりの根拠をもって信じた。そして会長は幾何学より実験物理学の分野で比較にならぬほど優れていたので、アカデミーが行った評価を確かめる手だてが何ら知られていないことを知ったのである。結局、王女は適当な時期にこれまで見たこともないような極めて美しい王子を生み、王の喜びは格別だったので、王は即座に会長を第一大臣に任命したのだ。

王子が生まれるやいなや、並外れて美しい二万人の若い娘たちが集められた。王子の乳母《うば》を選び出すためにあらかじめくまなく国中からまとめて呼び出された娘たちだ。実を言うと、これらすべての若い娘の中で一人として乙女《おとめ》はいなかったが、しかし、彼女たちは名誉ある仕事に適応するであろうと思われた。必要とされていただけに、それにまた、最も美しい娘を選ばなければならないと第一侍医《じい》がはっきりと指示していたため、どの娘もかなりの期待を抱いていただけに、なおさらそう思われたのである。二万人の中から最も美しい娘を選び出すことは、人が思うほど簡単な任務ではない。しかも侍医はりっぱなメガネを鼻の上にかけていたにもかかわらず、ある娘を他の娘よりもよしとすることに十分な根拠を見出そうとさんざん苦労したので、二万人の候補者を二十四人にかろうじて絞ったときには、すでに三日目が終わろうとしていた。しかしながら、ついに選択が迫られたので、侍医は二十四人の中から大柄なブルネットの少女をまさに選ぼうとしているところだったのだ。その娘がすべての娘たちの中で一番小さな口と一番美しい胸をもっていたことがその理由で、侍医の確言によれば、まさにガレノス〔古代ギリシアの医学者〕とアビセンナ〔中世ペルシアの医学者〕がよい乳母に求めていた特徴をもっていたのである。するとその時、予期せぬことに、とても大きなミツバチと黒いヤギがともに到着する姿が見られた。両者は王女に謁見《えっけん》を望んだ。

「女王様」とミツバチが言った。「美しい王子様に乳母が必要と伺っております。もし私にご信頼をお寄せ、これら二本足の生き物たちよりも私をご引き立てなさるおつもりでしたら、後悔することはきっとないはずです。私は王子様にダイダイの花の蜜だけを吸わせるつもりですので、それによって大きくお太りになる姿をお楽しみいただけるものと存じます。王子様のお息はジャスミンのようなよい香りがいたしますし、おつばはカナリア島産ワインよりも甘くなりますし、おむつになりますと……」

「女王陛下」とヤギが言葉をはさんだ。「このミツバチにはご注意下されまし。私はこのことをよき友としてご忠告申し上げたかったのでございます。お若き主君がかわいらしくなることが女王陛下にとりましてかなり重要でございましたら、誰よりもミツバチがそのお役に立つことは本当です。しかし、諺《ことわざ》にありますように、ヘビは花の中にひそんでおります。ミツバチはチクリと刺して、いつまでも王子様に多くの不幸をもたらすでしょう。私はできの悪いヤギにすぎませんが、私の乳《ちち》がミツバチの蜜よりも王子様の健康にとても良いことは、我がひげにかけて女王陛下にお誓いいたします。どうせ王子様が神々の酒ネクターも神々の食べ物アンブロシアもお作りになるわけではないでしょうから、私としましては、王子様がかつてヤギの乳を飲んだ王子の中で勇気と知恵と運に最も恵まれた者に必ずやなるとお約束する次第です。」

このようにヤギと太ったミツバチが話すのを耳にして、誰もが驚いた。しかし、女王は両者が二人の妖精に違いないとすぐに気がつき、それでかなりの間、どうするべきか決心がつかなくなってしまったのだ。ようやく女王はミツバチに賛意を示した。というのもいささかけちくさい考えだが、もしミツバチが約束を守れば、王子はいたるところで多くの甘いものを自分から作り出せるので、食事の際のデザートを節約できると思ったからである。ヤギは断られたことでとても気を悪くしたようだった。ヤギは何か聞きとれない言葉を三度メエメエ鳴いてひげの中に飲み込むと、なんと見事に塗装された金メッキの車が八羽のフェニックスに引かれて現れたのだ。黒ヤギは一瞬のうちに姿を消し、その代りに小柄な老女がひとり車の中に座っているのが見え、王女と幼い王子に向かって随分と脅し文句を言いながら飛び去って行った。侍医にはかくもおかしな選択には少なからず不満だったのである。そこで美しい胸をもつブルネットの少女に対して我が屋敷の管理人の地位を引き受ける気がないかと申し出ようとしたが、しかし不運にも侍医の申し出は遅すぎで、残りの一九九七六名中の一人で我慢しなければならなかった。二十四名はすでにみな雇われていたのである。

そうこうするうちに王は黒ヤギのおどしにひどく不安になったので、その日の夕方のうちに枢密院《すうみついん》を招集して、かくも由々《ゆゆ》しき事態にはどうすべきであろうかと相談した。王は毎晩、メールヒェンで寝かしつけられるのが習いだったので、退屈しのぎで人をおどす習慣など妖精にないことをよく知っていたからである。さて賢者たちが全員集まり、各人が自分の考えを述べてしまうと、大きな四角いかつらをかぶった三十六名の枢密顧問官たちが三十六を下らない提案をし、それぞれの提案に対して少なくとも三十六の難癖《なんくせ》がつけられることになった。三十六以上の会議で実に活発に審議が進んだので、もしも陛下の寵臣《ちょうしん》である宮廷道化《きゅうていどうけ》が、アトラス山の頂上に住み、まるで神託のようにありとあらゆる地域から助言が請われていた大魔術師カーラムッサルのもとに使節を送ることを思いつかなかったら、最終的に意見の一致に至るまでに王子はおそらく一人前の男になってしまっていたことであろう。とにかく宮廷道化は王の心を捉えていたし、実際に宮廷中で最も秀でた頭脳だとみなされていたので、誰からも賛同を得られた。そして数日後に使節が送り出されると、一行は旅費を節約するために大急ぎで旅をしたので、アトラス山がおよそ二百マイル首都から離れていたにもかかわらず、三ヶ月後には山頂に達した。

一行はすぐに偉大なカーラムッサルの前に通された。豪華な広間で黒檀《こくたん》の玉座に座っているカーラムッサルは、一日中いやになるほどの仕事をかかえている。世界のあらゆる地域からもたらされる奇妙な問題すべてに答えなければならなかったのだ。最初の使者がひげをなで、三度咳払いをした後、秘書が練っておいてくれた見事な挨拶《あいさつ》を述べようとしてやたら大きな口を開けるやいなや、カーラムッサルが口をはさんだのである。

「使者殿」と言った。「貴殿の挨拶は省かせていただこう。たとえ実に結構な内容であることがお顔から見て取れるとしても。私自身一日中かなり多くのことを話さなければならぬので、私には拝聴する時間が残されていない。それに、貴殿がこちらに何を持ち出す必要があるのか、私には予め分かっておる。貴殿の主人である王様にお伝えするのだ。王様は妖精カプロジーネを手強《てごわ》い敵にしてしまった。もっとも、王子が十八歳になるまで乳しぼり娘を目にしないようにしかるべき注意が払われるのなら、妖精が王子に脅した災難を避けられないというわけではない。しかし、どんなに注意をしたところで、運命から逃れることは、不可能ではないにしても、極めて困難なことなので、私なりに助言をしておこう。あらゆる事態に備えて王子にビリビンカーという名前を与えるのだ。その密かな力だけでも十分威力があって、ふりかかるいかなる艱難《かんなん》からも王子をうまく救い出す。」カーラムッサルがこの回答とともに使節を送り出すと、一行は再び三ヶ月の月日を経て国中の人々の歓声につつまれながら国の首都に戻ったのである。

王は偉大なカーラムッサルの回答があまりにもばかげていると思えたので、どうしても怒らずにはおられなかった。

「わしの腹にかけて」と王は叫んだ（というのもそれが王の偉大な宣誓だったからだ）。「思うに、偉大なカーラムッサルは我々をからかっている。ビリビンカーだと。なんというひどい名前だ。王子たるものの名前がビリビンカーなどと、かつて聞いたためしがあるか。こんなくだらぬ名前にどんな秘密の力が隠されているというのか、ちゃんと知りたいものだ。本音を言えというのであれば、十八才になるまでは王子に乳しぼり娘を見せてはならないという禁止が、あまりにも合点《がてん》がいかぬ。そのうえなぜよりによって乳しぼり娘なのか。いつから乳しぼり娘は他の娘よりも危険なのだ。もしカーラムッサルが踊り子もしくは女王の侍女もだめだとさらに言うのであれば、それはそれで何とか認めよう。と言うのも、ここだけの話だが、このような素性のものからちょっとした誘惑をときたまでも受けることすらないほど、自分が堅物《かたぶつ》でいようとは望まなかったのだ。しかしながら、偉大なカーラムッサルがそう望んだ以上は、ともかく王子をビリビンカーと称するのもよかろう。王子は少なくともこのような名前を最初にもつ王子となるだろうし、このことはやはりいつであれ歴史上のある種の名声をもたらすのだ。乳しぼり娘に関しては、宮殿の五十マイルまでは牛もヤギも搾《さく》乳《にゅう》桶《おけ》も乳しぼり娘もいずれも目に入らぬようにするつもりである。」

自分の決断の結果をあらかじめ十分に考えておく配慮に王は欠けていた。それゆえ実際に王が今にも布告を出そうとしたとき、これからはミルクなしのコーヒーを飲むように陛下の忠実なる臣下たちが強要されることが万が一生じるとするならば、まさか専制的とは言わないまでも、あまりにも厳しい結果になることを、議会は数多くの代表を通じて王に言い聞かせた。そしてこの布告が一時的に伝わると、民衆の間で実際にかなりの不平がすでにわき起こったので、妖精物語に出てくる非常に多くの他の王様の例に従って、陛下はついに決断を迫られ、皇太子を乳母であるミツバチの監視のもとで自分から遠ざけ、妖精カプロジーネの追っ手からも乳しぼり娘からも皇太子の身を安全にしようとする乳母の思慮にまかせることにしたのである。

ミツバチはそれで幼い王子を円周が少なくとも二百マイルもある大きな森へ連れて行ったが、そこでは人が住んでおらず、どこを探してもモグラ一匹すら見出せなかった。ミツバチはみずからの技量によって赤い大理石製の巨大なミツバチの巣を作り、ダイダイの木があり、その周りには縦横二十五マイル以上の公園を造ったのだ。このミツバチを女王とする十万匹のミツバチの群れは王子のためにそして女王の宮殿のためにハチミツ作りに精を出しており、王子の安全が完全に確保できるように、森の周り五百歩ごとにスズメバチの巣を置いた。スズメバチは命により境界をこの上なく厳しく監視したのである。

そうこうするうちに王子は成長し、その美しさと見事な特性によりかつて人の目に映ったいかなるものよりも勝った。王子はシロップのつばだけを吐き、ダイダイの果汁のおしっこだけをし、おむつには実に美味なものが入っていたので、ときどき女王に送り届けられなければならなかったが、それは祝いの日に出されるデザートを上等にするためだったのである。王子が話し始めると、まわらぬ舌から奇想と格言が出てきて、その機知は次第にあまりに辛《しん》辣《らつ》になっていったので、どのミツバチも王子には太刀《たち》打《う》ちできなかった。とはいえ巣全体の中で最も頭の鈍いミツバチでさえもフランス・アカデミーの四十人中の一人と同じくらいの知恵を有していたのだ。

しかしながら、王子が十七歳に達すると、ある種の本能がうずき出して、一生をミツバチの巣の中ですごすために生まれついているのではない、と本能が王子に言ったのである。妖精メリゾッテ（という名の乳母）〔ギリシア語 melissa（ミツバチ）に由来する名前〕はなるほど何でも用いて王子を元気づけ、気をはらそうとした。乳母は実に器用な猫を何匹か王子にあてがうと、猫たちは毎晩フランス風のコンサートもしくはリュリ〔フランスオペラの創始者〕のオペラでニャアニャア鳴かなければならなかったのだ。王子には綱渡りをする子犬がいたし、それに十二羽のオウムとカササギがいたが、メールヒェンを王子に語ったり、思いつきで楽しませたりすること以外に何もしなかった。しかしながら、それらはいずれもまったく役に立ちそうにもなかったのである。ビリビンカーは幽閉の身から何とか逃げ出したいという思いに寝ても覚めてもとらわれていた。そうしてみると一番の障害は、森を見張っている忌々《いまいま》しいスズメバチだ。連中は実際にヘラクレスのような男を驚かすこともある小動物だった。なにせ大きさは若い象ほどあったし、彼らの針はと言うと、形の点で、また大きさにおいても、かつてスイスの人々が自由を求める際に繰り返し使って大いに成果をあげたモルゲンシュテルンという鉄球つきこん棒ほどもあったのである。さて、王子が幽閉の身に絶望するあまり木陰に不意に身を投げ出すと、一匹のマルハナバチが近づいてきた。相手は巣にすむ他のオスバチと同じく、なかば成長したクマほどの大きさがあった。

「ビリビンカー王子」とマルハナバチは言った。「もしお退屈しているのでしたら、誓って言いますが、私にはますます都合が悪いのです。我らの女王、妖精メリゾッテ様が数週間前に名誉にも私をあなた様の相手にお選びになりました。しかし、正直に申しますと、私はこの役職の重荷に堪えられません。ここだけの話ですが、間違いなく忙しく立ち振る舞っている五千以上のマルハナバチを、あなた様は宮殿にお抱えです。もしあなた様が私を他の者たちと同じく扱われたとしましても、文句を言うつもりはありませんでした。しかし、まぁ、あなた様が私に下さるごひいきは、私の負担になりつつあります。これ以上は堪えられないと言っておきましょう。もしお望みでしたら、王子様、ご自身と私に自由をお与えになることで、あなた様は楽になるものと存じます。」

「一体何をすればよいのか」と王子は尋ねた。

「私はずっとマルハナバチであったわけではございません」と不満な相手は答えた。「あなた様だけが私を元の姿に戻すことができるのです。私の背中にお乗りください。夕方になりましたので、女王様はお部屋で仕事に取りかかっており、何か別のことにかかずらう余裕はありません。私はあなた様とご一緒に飛び出してしまいたいのです。しかし、私があなた様に求めますことをお望みだと私に約束してくださらなければなりません。」王子が相手に約束をし、ためらうことなく上に乗ると、マルハナバチは王子とともにあまりに速く飛び去ったので、二人は七分後には森を出ていたのである。マルハナバチは話した。

「これでだいじょうぶです。私をこのような姿にした老魔術師パドマナバの力が働いて、私には陛下とこれ以上ご一緒することができません。しかし私が陛下に申し上げることを聞いてください。もしあなた様がこの道を左に進みますと、広い平地に行き着き、小さな小屋の周りで草をはむ空色のヤギの群れに出会うでしょう。お気をつけてください。小屋の中に入ってはいけません。さもないと取り返しのつかないことになります。たえず左側を維持しながら先に進むのです。すると荒廃した宮殿にたどり着きますが、いまだ残る壮麗さからかつての姿が分かるでしょう。あなた様が幾つかの中庭を通り、白の大理石でできた大きな階段に出てさらに進みますと、長い廊下に行き着きますが、両側には明るく照らされたりっぱなお部屋の数々を目にするでしょう。それらの部屋のどれひとつとして入ってはなりません。さもないとたちまちにしておのずとまた閉まってしまい、どんな人間の力でもあなた様を再び外に出すことはできないのです。しかしながら、そのうちの一部屋は閉まっていますが、あなた様がビリビンカーという名前を口にするやいなや、開くでしょう。この部屋で夜をお過ごしなさい。以上があなた様に求めるすべてです。道中ご無事で、ご主人様。もし私の助言でうまくいくのであれば、それが次々に役立つことをお忘れになりませんように。」

こう言うと、マルハナバチは飛び去り、言われたことにことごとく尋常《じんじょう》でない驚きを見せている王子を残した。王子は間近に迫っているすばらしい出来事に待ち切れぬ思いで夜通し歩き続けたが、それというのも明るい夏の盛りだったたからだ。朝になると、草原と小屋と空色のヤギが王子の目にとまった。マルハナバチに強い口調で禁止されたことを本当によく覚えていたが、ヤギと小屋を見ると、抗《あらが》い難いある種の魅力を感じたのである。そうして王子が小屋の中に入ると、雪のように白い胴着とペチコートを身につけた若い乳しぼり娘以外、中には誰もいなかった。娘はダイヤの飼葉桶《かいばおけ》につながれていた数匹のヤギの乳をしぼろうとしているところだったのである。娘が美しい手に持っていた乳しぼり用バケツは比類ないルビーから作られており、小屋にはわらの代わりにジャスミンとダイダイの花だけが撒《ま》かれていた。もちろん何もかもが十分称賛に値したものの、王子はちっとも気づかず、それほどまでにこの若い娘の美しさに目がくらんでいたのだ。実際のところ、そよ風によってパフォス〔美神ウェヌスが降り立ったと言われるキプロスの古代都市〕の渚《なぎさ》に運ばれた瞬間のウェヌスにも、あるいは裾《すそ》を半分まくりあげながら神々にネクターを注いだ若きへベ〔青春の女神〕にも、この乳しぼり娘ほどの美しさも魅力もなかったのである。娘の頬《ほお》はこの上なくみずみずしいバラの花を恥じ入らせるほどであり、腕と小さなかわいらしい足に巻きつけていた真珠の飾りは、手足のまばゆいほどの白さを高めることにだけ役立っているように見えた。娘の顔立ちと微笑《ほほえ》みほど愛くるしく魅力的なものはなく、娘の存在すべてにわたって優しさと無垢《むく》が表れており、ほんのわずかな動きにさえも名状しがたい魅力があったが、それは一目見ただけで心がそちらに飛んで行ってしまうような魅力である。ビリビンカー王子に対するこの魅惑的な人物の心地よい驚きは、相手に対する王子のそれと何ら変わりがなかった。留まろうか逃げようか半ば決断できずに娘は立ち止まり、恥じらいと喜びが入り混じったようなはにかんだ眼差しで王子を眺めていたのである。王子が足元にひれ伏している間、

「そうだわ、そうだわ」と娘はついに叫んだ。「あの方よ、あの方よ！」

「え？」と恍惚《こうこつ》状態の王子が叫んだ。相手が自分のことをすでに知っていて、相手にとって自分がどうでもいい存在ではないことを娘の言葉から察して言ったのだ、「幸運きわまるビリビンカーです」と。

「神々よ！」と、驚いて後ずさりする乳しぼり娘は叫んだ。「なんという嫌な名前を聞くのでしょう！ 私の目とせっかちな心がどんなに私を欺《あざ》いたことでしょう！ 逃げるのよ、逃げるのよ、不幸なガラクティネ〔ギリシア語 galaktos（乳）に由来する名前〕――こう言うと、まるで

風にさらわれるかのように、すばやく小屋から逃げ出した。驚いた王子は、自分の名前に相手が抱いた嫌悪を理解できぬまま、できるだけ速く娘の後を追いかけたのだ。しかしながら、乳しぼり娘の逃げ足は、足底が草の先にほとんど触れることもないほどだった。娘の衣服がひらひらと舞うたびに露にされた美しさは、急いで後を追う王子の足と欲望をいたずらに駆り立てたのである。王子は生い茂った林の中で娘を見失った。そこを一日中走り回り、ガサガサという音やサラサラという音を聞くたびに後を追いかけたが、娘の痕跡《こんせき》をわずかばかりも見つけることができなかったのである。

そうこうするうちに太陽は沈んでしまっており、気づかぬうちに王子は古城の門のところにおり、城は半ば倒壊しかかっているようだった。それというのも、大理石の壁の一部と極めて高価な宝石からなる倒れた柱が至るところで藪《やぶ》から突き出ていたし、しかも王子は絶えず瓦礫《がれき》に

廃墟に行きあたり、中でも最もひどいものとなると陸の孤島のような大きさだったからである。彼はこのことから、よき友人であるマルハナバチが言っていた宮殿に自分がいることに気づいた。そして、(恋をしている、期待に満ちた人々がよくそうするように)魅惑的な乳しぼり娘がひょっとしたらここで見つかるかもしれないと期待したのである。王子はなんとか三つの中庭を進み、ついに白い大理石の階段まで来た。両側には、少なくとも六十段あったすべての段に、翼の生えた大きなライオンが立っていて、息をするたびに大量の炎を鼻の穴から出したので、昼間よりも明るくなったのである。しかし、炎は王子の髪の毛一本も焦がすこともなく、ライオンたちは王子を見る間もなく、羽を広げ、大きなうなり声とともにそこから立ち去った。

そこでビリビンカー王子が上がっていくと、すぐに長い回廊に出た。そこには開いている部屋がいくつかあったが、いずれもマルハナバチが王子に警告をしていた部屋だったのである。部屋のそれぞれが二ないし三の別の部屋につながっており、調度品や飾りによって調えられていた豪華さは、王子にとって妖精の世界が目新しくなかったにもかかわらず、王子が抱きうる想像力をことごとく凌《しの》いでいた。ただ今回ばかりは、よく気をつけて自分の好奇心の手綱を締めながらかなり長い間進み続けると、王子は黒檀《こくたん》の閉ざされた扉に行き着いたのだ。そこには金色の鍵がささっていた。鍵を回そうと長いこと試みたにもかかわらずうまくいかなかったが、しかし王子がビリビンカーという名前を口にすると、たちまち扉は勝手に開いたのである。王子は大広間におり、壁は一面クリスタルの鏡で覆われていた。王子を照らしていたダイヤモンドのシャンデリアには、五百以上のランプがある中で、桂皮油《けいひゆ》だけが燃えていたのである。中央にはエメラルドの脚がある、象牙でできた楕円形の食卓があり、二人分の食事が準備されていた。脇には瑠璃《るり》でできたカウンターがあり、金の皿、グラス、杯に、他の食器が用意されていたのだ。この広間で目に入るものにしばらくの間びっくり仰天しながらすべてを眺めた後、王子は扉を見つけ、そこを通って様々の異なる部屋へと入ると、たえず豪華な飾りが互いを明るく照らし合っていた。王子は一つ一つを隅々まで見たが、どう判断したらいいのかもはや分からなかったのである。この宮殿へと続く通路からすると、王子は廃墟の城を予感した。内部は疑いの余地なく人が住んでいるようだったが、しかし王子には人の気配がしなかったのだ。王子はすべての部屋をもう一度まわり、いたるところを探しまわったところ、ついに最後の部屋で壁紙に小さな扉をもう一つ発見した。開けて入ってみると小部屋になっており、中のおとぎの国のような様子に王子自身は圧倒されたのである。光と影の心地よい交錯が小部屋を引き立てたが、この魅惑的な薄明りの光源がどこなのかは分からなかった。磨かれた黒御影石《くろみかげいし》の壁はアドニスとウェヌスの話のさまざまな場面を、まさに鏡がたくさんある時のように、ごく自然に生き生きと示したが、一体どのような技巧でこのような活人画《かつじんが》が石に組み込まれたのか誰にも言い当てられなかったのである。みずみずしく花が咲く花壇からそよぐ春風のような心地よい香りがどこからともなく部屋中を満たし、遥かかなたから聞こえる協奏曲のような静かなハーモニーがやはりそっと忍んで耳を魅了し、心を溶かして情愛のこもった憧れに変えた。大理石でできた愛の神は息をしているようで、その神がひらひらと翻っているカーテンを半ば取り除いてしまう。すると現れた官能的なソファーは、この気品に満ちた場所にある唯一の物として、私たちの王子の心に何事かに対する神秘的な欲求を目覚めさせたのである。以前と変わりなくうぶなままの王子はその何事かについて曖昧な思いしか抱かなかったが、とはいえ、王子がかなり注視し、甘美な不安なしに眺めることのなかった壁紙が、若干の光を与え始めたのだ。たちまち美しい乳しぼり娘の姿がまた生き生きと王子の眼前に現われると、娘がいなくなったことを随分とむなしく嘆いた後に改めて探し始めたが、ついに探すことにうんざりしてしまった。今回は以前ほどうまくいかなかったが、王子はソファーのある部屋に戻り、服を脱ぎ、ちょうど横になりかかっていると、人間には極めて避けがたい欲求のひとつにかられて、ソファーの下を見回したのである。王子が実際に水晶の容器を見つけると、そのような用途のために昔から使われていたことがいまだ見て取ることができた。王子が容器にダイダイの花水をすでにひっかけ始めると、何ということだろうか、水晶の容器が消え、その代りに若い妖精が目の前に立っていたのである。妖精はあまりにも美しかったので、王子が実際に示した驚き以上に相手に驚くことなどあるはずは無かったのだ。妖精はまるで旧知の仲であるかのように王子に愛想《あいそ》よく微笑《ほほえ》み、王子がショックからかろうじて立ち直るより先に、王子に言った。

「ようこそ、ビリビンカー王子！　とあるひどい焼き餅《もち》焼きによって二世紀にもわたり最も低俗な欲求の道具として酷使された若い妖精のためにご尽力されたのです。そのことに嫌気をおこさないで下さい。正直にお話になってください、王子様。自然がもっと高貴なお役目に私を定めたのだと思いませんか。」こう言う妖精にある種のまなざしで直視されて、奥手のビリビンカーはいくらか困惑した。王子は、ご存じのとおり、人が持ちうる限りの才知を有していたが、同様に軽率であったことも付け加えておかなければならない。王子は妖精になにか愛想のよいことを言わなければならないと思ったものの、しかしながら、話すことは何であれある種の勢いで言うことが常であったので、この度はどんな才知をもってしても、非常に馬鹿げたことを言うのを止めることはできなかった。

「実に美しい妖精さん」と王子は相手に答えて言うには、「ご幸運だったのは、あなたに奇妙な手助けをする意図など私にはありえませんでしたが、知らずに行ってしまったことです。と言いますのは、断言いたしますが、普段でしたらあまりにもよく知りすぎていました。礼儀とは何であるかを……」

「まぁ! そんなにお愛想を言わないでくださいい」と妖精は答えた。「私たちがねんごろな間柄になりかけている状況では、あなたのお言葉は余分です。まさに私の方こそがあなたに感謝を申し上げなければなりません。私どもは今夜ほど長く一緒にいることはもうないでしょうから、お愛想で時を台無しにするきっかけを私があなたに与えてしまうのでしたら、私は自分自身を非難しなければならないでしょう。あなたに休息が必要だということは、分かっております。あなたはもう服をお脱ぎです。かまわずにベッドにお入りください。それは確かに数々の部屋にある唯一のベッドですが、大広間にはソファーがありますので、そこで私は夜をとても快適に過ごすことができるでしょう。」

「奥様」と、王子は自分で言ったことを自分でもよく分からないまま返事をした。「もし私が一番の不幸せな者でないとしましたら、この瞬間に、あらゆる死すべき者の中で一番の不幸せな者となるでしょう。私は言っておかなければなりませんが、私は失ったものを探したことによって、探さなかったものを見つけているのです。あなたを見つけた痛みとは言わないまでも、私の損失の喜び、いやそうではなく、言いたいことは、あなたを見つけた喜びのあまり……」

「本当はですね」と妖精は話をさえぎった。「あなたは妄想を抱いていると思います。ありとあらゆる戯言《たわごと》で私に何を言おうとしているのでしょうか。さあ、ビリビンカー王子、ありのままに白状するのです、乳しぼり娘に恋していることを。」

「あなたは見事に言い当てますので、白状しなければなりますまい」と王子は言った。

「ああ、そのことに少しでも躊躇《ためら》いがあってはなりません」と妖精は言い続けた。「あなたが今朝、家畜小屋とでも言いたくなるような粗末な小屋で出会った乳しぼり娘は……」

「おやまあ、なんと言うことでしょう、どこから、どうして、お知りに……」

「娘はダイダイの花の敷きわらの上にいて、空色のヤギの乳をルビーの桶にしぼろうとしていました。そうですね。」

「そのとおりです！」と王子は叫んだ。「十五分前でしたら、いまだ（どうかご機嫌を損ねませんように）何であるか言う気になれないものでしたが、そのような人にしては驚くほど多くをご存知ですね。」

「娘はビリビンカーという名前を聞くやいなや逃げ出し……」

「おやまあ、なんと言うことでしょう、奥様、どこから何もかもお知りになられるのでしょうか。なにせ、仰《おっしゃ》ることによれば、すでに二百年間、奇妙な状態にあったのですから。その点で私は光栄にもこのように思いがけず知り合いになりました。」

「私としましては、あなたが思い込んでいるほど思いがけない出会いではありません」と妖精は答えた。「それにしても、あなたの好奇心を一瞬の間でも静めるのです。ひどく疲れていらっしゃるし、一日中何も食べていないのですから。いっしょに広間にいらしてください。私たち二人分の食事の用意ができています。美しい乳しぼり娘に対するあなたの思いが許す範囲で、食卓を囲んで私とお付き合いぐらいしていただきたく存じます。」ビリビンカーはこの言葉に隠された咎《とが》めに非常によく気づいたが、知らぬ顔をして、深い敬意を抱きながら相手の後について食堂へ入って行くことに甘んじた。

二人が中に入ると、美しいクリスタリネ（これが妖精の名であった）はすぐさま暖炉へと向かい、黒檀《こくたん》でできた小さな杖《つえ》をとりあげたが、それは両端にダイヤモンドの魔除《まよ》けがついた杖《つえ》だ。

「さてこれで私にはもう何も心配事はありません」と相手は言った。「お座りになってくださ い、ビリビンカー王子。ところで私はこの宮殿と四大四万の精霊たちの主人であります。大魔術師が五百年前にこの宮殿を建て、精霊たちを大魔術師の従者に定めたのです。」

こう言いながら妖精が三度机をたたくと、三度の瞬間のうちにビリビンカーが驚きながら目にしたのは、机が実に見事な食事でおおわれ、カウンターにあるビンがおのずとワインで満たされる有様だったのである。

「分かっております、あなたがハチミツ以外何も口にしないことは」と妖精は王子に言った。「ここにあるものからまずは食べてみて、以前、同じようなものを味わったことがあるかどうかを私に仰《おつしや》ってください」と。王子はそれらを食べて、誓って言った。

「これはまさに神々の食べ物であるアンブロシア以外にありえない。」

「それは」と妖精は言った。「風の精《ジルフィーデ》の庭に咲く枯れることのない花の極めて純粋な香りから作られています。では、このワインについては何と仰いますか」と妖精は続けて言いながら、なみなみと注がれた杯を相手に差し出した。

「誓って申し上げますが」とうっとりした王子は叫んだ。「美しいアリアドネも若いバッカスにこれ以上のものは注ぎませんでした。」

「それは」と妖精が答えて言う。「風の精の庭に生えているブドウからしぼられてできており、このワインを飲むことで、この美しい精霊たちは自分たちの血管の中でさわぐ不死の若さと活力を得たのです。」

妖精はこのネクターにはまだ他に特性があることを何も言わなかったが、王子はこの特性を実にすぐさま経験し始めた。飲めば飲むほど王子には美しい相方がますます魅力的になったのだ。最初のひと口で相手が非常に美しい金髪であると気がついた。次のひと口では、相手の腕の美しさに心を奪われ、三口目には左の頬《ほお》にえくぼがあることを発見し、四口目には何か魅力的な胸の白さと豊かさが彼を魅了し、霧のように薄い紗《しゃ》におおわれながら、彼の目につきまとったのである。非常に魅力的な対象と何度もおのずと一杯になった杯とは、王子の感覚をしずめ、世界中のあらゆる乳しぼり娘の存在を快く忘れさせるには、余りにも十分であった。私たちは何と言えばいいのだろうか。ビリビンカーはあまりにも礼儀正しかったので、かくも美しい妖精をソファーで眠らせることはできなかったし、美しい妖精はあまりにも感謝していたので、四万の精霊がうろつき回る屋敷で王子のお相手を断ることができなかった。要するに、一方では礼儀が、他方では感謝が、あまりにも度を過ごしていたのである。ビリビンカーは自分が恋心に間違いなくふさわしい者であると示したし、クリスタリネは王子に一目惚れ《ひとめぼ》れしていたのであった。

妖精は、物語が語るように、先に目覚めると、人並みはずれた王子があまりに仲睦《むつ》まじく一緒に寝ている姿を見て、この不都合にたえることができなかった。

「ビリビンカー王子」と妖精は、どのようにしてかは分からないが、王子を起こした後に言う。「私があなたに負うご恩は並みのものではありません。あなたはかつて一人の女性がこうむった最も品のない魔法から私を解放しました。私が抱いた嫉妬《しっと》から私をかぎつけたのです。今ではせいぜいひとつのことが残されているだけで、あなたは妖精クリスタリネのとめどない感謝をあてにすることができます。」

「それではまだ残っているものとは何だ」と王子は目をこすりながら尋ねた。

「それではお聞き下さい」と妖精が答えた。「この宮殿は、すでにお話ししましたとおり、一人の魔術師のもので、その学識によってすべての物質にほとんどほしいままの影響をもたらしました。しかしながら人の心に対する影響はそれだけに限られていました。不幸なことに、魔術師は年老いており、雪のように白いひげが自分のベルトのところまで垂れ下がっているにもかかわらず、過去にいた最も惚《ほ》れやすい魂を持つ人の一人でした。魔術師は私に惚れ込んだのです。老いて再び愛する能力などありませんでしたが、人に恐れられる力は十分にありました。この一風変わった運命を賛美して下さい。魔術師は考えうるかぎりのあらゆる努力をして私の心を手に入れようとしましたが、私は自分の心を与えることはなく、相手には何の役にも立たない体のみをゆだねました。かなり前に魔術師はついに嫉妬深くなりましたが、それも耐え難いほど嫉妬深くなってしまったのです。魔術師には世話を行うたいそう美しい風の精たちがいましたが、私たちが互いに行ったたわいのない自由な振る舞いに腹を立てました。魔術師にすれば私の部屋かソファーで一人の男性に会うだけで十分で、そうなると間違いなく私はその人と二度と会えなくなったのです。私の美徳を信じてくださるように相手に求めました。しかしこうしたところで、疑い深い相手にとりましては十分な保証にはならなかったようで、彼自身、こんな目にあって当然と自覚していた運命に逆らったのです。結局、魔術師はすべての風の精を解雇し、私たちの身の回りの世話をするのに土の精《グノーム》のみを雇いいれましたが、私はこの醜いこびとたちの姿を見るだけで不快のあまり気絶しそうになりました。しかしながら、何であれ慣れきってしまうと我慢できるものになりますように、慣れによって私が段々とかような土の精の姿とも折り合いますと、最初は不快に思えたものを遂《つい》にひょうきんに感じるようになりました。度をこした姿を持たない者は、土の精全員の中で、誰一人としていなかったのです。ある者にはラクダのようにこぶがあり、別の者には口の上にまで垂れ下がった鼻があり、更なる者にはファウヌスのような耳、それに頭を二つの半球に割く口があり、中には巨大な腹をもつ者もいました。結局、中国人の創造力をもってしても、かようなこびとの顔や姿よりも奇怪なものを生み出すことは、全く不可能です。しかしながら、この世で最も美しい風の精よりもある意味ではもっと危険な者が給仕の中にいたことに、老パドマナバは気づいていませんでした。その者は他の者と比べて醜くないというわけではありませんでしたが、しかし自然の奇妙ないたずらによって、他の者には目障り以外のなにものでもなかったものが、その者の場合、利得となったのです。

ビリビンカー王子、あなたが私の言っていることを理解してくださっているかどうか、私には分かりません。」

「何から何までというわけではありませんが」と王子が答えて言った。「お話を続けて下さい。あなたのお話がこれから分かってくるかもしれません。」

美しいクリスタリネが話を続けた。

「ほどなく、グリグリは（これが土の精の名前でしたが）自分が仲間ほど私から嫌われていないとどうも思えるようになったのです。これで十分ではありませんか。ひとは手持ち無沙《ぶさ》汰《た》になると何でもかんでも思いつくものですが、グリグリの場合、退屈している女性を紛らわす特異な才能があったのです。ひとことで言えば、私の無為の時間を（実際にはかなり多くの時間でしたが）とても心地よく満たす術《すべ》を心得ておりましたから、私が得たような満足を誰も得ることはできません。パドマナバはいつもとは違う私の喜びについに気づきました。喜びが顔そして体全体からほのかにもれていたのです。そこには自分がもたらした喜び以外に別のいわれがあるに違いないことを疑いませんでした。しかし、それがいかなる原因なのかは言い当てることはできなかったのです。悪いことには、相手は連鎖式と呼ばれるある種の推理の大名人でした。推理をずっとつなげて行くとついにひとつの推測に行きつき、それによって秘密全体を解けると思ったのです。パドマナバは私たちを観察する決意をし、十分に時間をかけたので、まさにこの部屋で私たちがいちゃついている現場を押さえました。小さなグリグリの尽きることのない巧みな技には私たちのいちゃつきを実に面白くする術があったのです。この折に老魔術師が見せたような悪意を抱く者がいるなんて、王子様なら信じたでしょうか。寛大な態度で私の喜びに関心を寄せる代りに怒ったのです、あの卑劣な男は！自分がグリグリでないということに、何はともあれ腹を立てていたのかもしれません。けれども、そんなことで私たちを罰するなんて、それ以上に理不尽なことがあったでしょうか。」

「実際に」とビリビンカーが言うには、「それ以上に理不尽なことなどありません！　と言いますのは、魔術師がせめてほんの一カ所だけでもグリグリだとしたら、その長くて白いひげにもかかわらず、魔術師の方を醜いこびとよりもごひいきにされたはずですが……」

「あなたは醜いこびとについて私に何ということを言うのですか」とクリスタリネは答えた。「断言いたしますが、私たちがおしゃべりする瞬間、私の目にはグリグリがアドニスのような美少年だったのです。だが、その後どうなったかをお聞き下さい。老人は私たちのいちゃつきを目に入らぬようにしばらくの間眺めたあとで、ついに姿を現して私たちを驚かせましたが、その驚きたるやいちいち言わなくても容易に想像がつくことでしょう。老人は私たちにすっかり怒りをぶちまけましたが、その怒りは老人の無能ぶりをあざ笑うかのような光景によってもたらされたものでした。このようなときに老人が私にした愛想《あいそ》をあなたに繰り返すことは、気兼ねいたします。要するに、(時間を節約する必要があるものですから)老人は私をあなたがよくご存知のものに、そして哀れなグリグリをマルハナバチに変えたのです。」

「マルハナバチにですって」とビリビンカーは叫んだ。「なんてことだ。そうだとすると、ひょっとしてグリグリ氏は私の知り合いかもしれない。」

「ただし、条件がありまして」とクリスタリネは続けた。「私が自分の姿を再び取り戻すのは、私がビリビンカー王子によって……、すみません、恥ずかしくてその状況を私は口にできませんが、その状況で初めて王子様にお近づきになる喜びを得たのです。お世辞抜きで、あなたに都合のよいことと思いますが、私は初め驚いてあなたを私の哀れなグリグリそのものではないかと思いかけました。」

「あなたは私に過分の名誉を示されました」とビリビンカーは答えた。「あなたの心がそのように品位のある相手に好意を向けられていると知っておりましたならば……」

「どうかお願いですから」と妖精は言った。「あなたがとかくしがちな時宜《じぎ》をえない愛想をお止めになってください。そのことがあなたをどんなに不自然で奇妙にしているか、いまだお分かりにならないままです。申し上げますと、私はあなたの控えめな態度を最高に評価し、このことをかなりきちんと証明しようと考えています。なにせ私はあなたのおそばにいて安全であると思っているからです。確かに私は、私たちがこのようにお互いに親密になった経緯をあまりよく覚えていません。実を申しますと、待ちに待った出会いを喜ぶあまり、私は普段より数杯多く飲んでしまったのです。どうかあなたが節度をお守りいただければと思います。」

「実際に、美しいクリスタリネよ」と王子は相手の話をさえぎった。「あなたの記憶力は並はずれています。それはちょうど老パドマナバに信頼してもらいたいとあなたが望んだ美徳もそうです。だが、仰《おっしゃ》って下さい。お忘れでなければ、一体マルハナバチはどうなったのでしょうか。」

「あなたはしっかりと思い出させてくれました」と妖精は答えた。「かわいそうなグリグリ！私はほんとうに彼を忘れていたのです。気の毒なことに、残酷なパドマナバはグリグリの解放にひどく馬鹿げた条件を付けたので、あなたにどう言ってよいものか分かりません。」

「どんな条件がありうるのでしょうか」とビリビンカーは尋ねた。

「あなたが老魔術師に何をなしえたにしても」とクリスタリネは答える。「老魔術師があなたをこのようなものめごとに巻き込んだことが、私には理解できません。と言いますのも、間違いないことですが、このような変身が何もかも生じた当時は、あなたの曾祖母《そうそぼ》ですらまだ生まれていなかったのですから。一言で言いますと、グリグリが元の姿に戻るには、あなたが――いけませんわ！　私の心はデリケートですので、あなたに言うなんて許されません。それに私がそれに応じられるようになるなんて考えられないのです。と言いますのも、私が思いますに、ちょっと考えただけで私の顔をおおう赤みから、あなたが何のことだかきっとお分かりになるでしょうから。」

「あなたが何を望んでいるのか察しますと」とビリビンカーは叫んだ。「私自身、すぐに三倍のマルハナバチになるつもりです。お願いですから、そんなに回りくどく仰《おっしゃ》らないで下さい。もう明るい日中です。私はとどまることができませんので……」

「おやまあ」と妖精は言った。「あなたは私といてそんなに退屈なのですか。乳しぼり娘のことをあなたに忘れさせることが私にはほんの数時間しかできないのですか。少なくとも勝手を言ってちょっとは私の機嫌をとるべきではないですか。私だってあなたの思い込み以上にあなたを幸せにできるのですから。」

「では、私が何をすべきかを、さっさと仰いなさい」とビリビンカーは答えた。

「なんと気の短い方でしょう！」と妖精は叫んだ。「つまり、お分かりですか、かわいそうなグリグリが再びグリグリに戻るためには、ビリビンカー王子が……さあ、お当てください。しかし、断言いたしますが、旧友を元に戻すことがたとえ問題にならないにしても、パドマナバがあなたの助力を得て哀れなグリグリに果たそうとする復讐《ふくしゅう》の犠牲になることでしたら、私には応じかねます。」

「私があなたの命を奪うようにと、まさかパドマナバが望んでいるのではないでしょうね」と王子は言った。

「では、言っておかなければなりませんが」とクリスタリネは答えた。「あなたは今日、このうえなく頑《かたく》な頭で目覚めました。恋に夢中になった男なら、自分の恋人が他の男の腕の中にいるよりも、恋人が死んでしまう方がましと、お思いになりませんか。」

「これは、これは！ようやく分かりました、奥様」と、ビリビンカーはずいぶんと冷ややかに言った。「本当のところ、お恥ずかしいからと言って、事柄をまさに包み隠さずに言うか言うまいかと思い悩む必要はありません。しかし、お許しいただければ、私がご記憶にいくらか力を貸して、あなたに思い出していただきたいのですが、ここでのことが私に大事であるならば、グリグリはとっくの前にマルハナバチでなくなっているに違いないのです。まだ三時間はたっておりませんが」

「私が思うに、あなたは思い違いをされています！」と妖精は相手の言葉をさえぎった。「しかしながら、知っていただかなければなりませんが、パドマナバは報復の掟《おきて》をかなり厳しく定めているので、グリグリが以前の姿を取り戻せるのは、魔術師がグリグリから受け取ったと思っている侮辱をことごとく今度はあなたがグリグリにもたらすことによってなのです。」

「ああ、奥様」と、王子はソファーから跳び起きながら叫んだ。「私はパドマナバ氏に忠実に仕える者です。しかし、問題がこのようなささいな事情に限られるのでしたら、奇跡をおこす恋敵に対して白ひげの伊達《だて》男さんのあだを討つためには、あなたはあなたに仕える一万の地の霊の中から新しいグリグリを探さなければならないでしょう。（このことは、あなたのこびとさんがもとの美しさを取り戻すよりも、あなたにはおそらくはるかに重要でしょうから。）私に関しては、私があなたを元の姿に戻してあげたことにあなたは満足しなければならないと思うのですが、私はそんなことを言いません。あなたが私にしてくださったご好意に対して、私のほんのわずかな助力で、十分とは言えませんが、まるで自分をねぎらうことになるからであります。私としましては、重要な点がやはり常に次の事情にあることを思い出していただきたいだけなのです。つまり、あなたが水晶のおまるになる代りに再び妖精クリスタリネになっていることと、老パドマナバの魔法の杖によってあなたにもたらされる力がただひとつのものを失うためにひどく軽い慰《なぐさ》みにしかなりえないはずだということを、思い出していただきたい。」

「ですが、私は」とクリスタリネが答えた。「あなたがかわいそうなグリグリに対する私の心配を利己心とお取りにならないでくれませんか。友という最善のもの以外に別の動機を持たずとも友に尽くすことはありえますが、もしあなたがこのことを理解できないのであれば、あなたは私の感情の繊細さも友情への義理も実際に知っていないはずでした。そうでしたら私はあなたが気の毒だと思わざるをえなかったでしょう。」

「ああ、奥様」と、その間に服を着ていたビリビンカーが答えた。「あなたのお気持ちが可能なかぎり本質的に繊細であると確信しておりますが、ご覧のとおり、私が旅行を続けるのに今朝はなんと都合がよいことでしょうか。あなたの心がかくも気高い友情にふさわしいよう宜《よろ》しくお取り計らい下さり、どの道を行けば私が愛しいガラクティネに再び会えるのかをご教示下さい。そうしていただければ、あなたが全世界のすべての妖精の中で最も心が広く、最も心が気高く、もしお望みでしたら、最も控え目な妖精であると、私はありとあらゆる人に向かって主張するつもりです。」

「あなたを満足させてあげましょう」とクリスタリネは答えた。「お行きなさい、そしてあなたの乳しぼり娘を探すのです。あなたの運命がなにしろそう望んでいるようですから。おそらくあなたの振る舞いにあまりに満足しきれない理由が私なりにあるのかもしれませんが、人があなたにきっと寛大であることはよく分かっています。行くのです、王子様。あなたは中庭で一頭のラバに出会うでしょう。そのラバは、あなたがガラクティネを見つけるまで、そこからのろのろ歩いてずっとあなたについて来るでしょう。そして思いがけずあなたの身に何か災難が降りかかるのでしたら、あなたはこのエンドウのさやの中にそれに対する確かな手段を見つけるでしょう。」

*

「なんと喜ばしいことでしょう」とドン・オイゲニオが友人の物語をさえぎった。「あなたがビリビンカーをようやくこの魔法をかけられた城から連れ出してくれるのですね！ 白状しますと、私はこのクリスタリネにいい加減飽き飽きしました。なんて悪趣味なやつなのでしょう！」

「彼女のことは妖精と仰《おつしや》いなさい。それで十分です」とドン・ガブリエルは答えた。

「まるで大いに尊敬に値する妖精がいないかのようにほのめかすおつもりなど、おそらくありませんね」とドン・シルヴィオはかなり真面目《まじめ》になって言った。「なにせそのような妖精がいることは間違いないのですから。しかしながら、おそらく大抵の妖精たちに何か奇妙で不自然なものがあり、それによって彼らが自分たちを死すべき運命の人間と区別しようとしていることも確かです。もっとも、私たちが妖精を他種族とせず、そうした基準で彼らを判断するという過ちを犯していなければの話ですが。」

「しかし、彼女の無駄口」とドン・オイゲニオは言った。「デリケートな感情、美徳！　これらのことにあなたは何と仰《おっしゃ》いますか。」

「妖精について判断を下すことは非常にやっかいだと思いますので、私はできればそれについて何も言いたくありません」とドン・シルヴィオは答えた。「実際、ビリビンカー王子の物語はあらゆる点において私がこれまでに聞いた最もすばらしい妖精物語ですので、私の思いはこの機におよびそれだけ一層強くなるのです。」

「妖精クリスタリネの性格について言いますと」とドン・ガブリエルは言った。「物語の書き手はあるがままこそが何よりだと思ってそのような性格を与えているのですし、私が思うに、妖精に対する畏敬の念が失われないまま、場合によっては性格の欠点が指摘されることもありえましょう。それはそうと、ドン・オイゲニオ、おそらくお認めいただけると思いますが、あなたが王子の立場に置かれるやいなや、妖精のおしゃべりはあなたに向けて私の口から出たと思われるおしゃべりの半分も退屈ではありません。美しい人を目にして、しかも相手に心地よい声があるとしますと、その都度、相手に耳を傾けたくなるものです。何を言っているのか注意が払われなくても、美しい人はひとを納得させ、感動させますし、注意が払われたところで、概してとんと得にはなりません。」

「もしもあなたが私たち女性に結構な美辞を連ねる必要がないのでしたら」とドナ・フェリシアが言った。「お話を先へ進めるほうがよいでしょう。たとえ物語がどんなに退屈でもですね」と。

ドン・ガブリエルは、話を面白くするためにできる限りのことをすると約束し、話を続けたのである。

＊

ビリビンカー王子はエンドウのさやをふところに納め、妖精のもてなしにことごとく感謝をし、中庭へと下りていった。

「こちらをご覧ください」と、王子のお供をしていたクリスタリネが言った。「ここにいる一匹のラバをご覧ください。ひょっとすると、これと同じラバは皆無かもしれません。このラバは有名なトロイの馬とシレノス〔ギリシア神話に出てくる半人半馬〕の雌ロバとの直系です。木製のために餌《えさ》も藁《わら》も櫛《くし》も必要ないという特徴を父方から受け継ぎ、なんとも穏やかな速歩で進み、しかも羊のように我慢強いという特徴を母方から受け継いでいます。お乗りになって、ラバの行くままに行かせてください。ラバはあなたの大好きな乳しぼり娘のもとへあなたを連れて行ってくれるでしょう。もしお望みのようにうまくいかないのなら、その責はただあなたご自身にだけあるのです。」

王子はこの珍しい動物を四方八方から眺めた。妖精がほめていたのと同じくらい良い点がこの動物にあるのだと思うには、この城で王子に起こった不思議なことがことごとく必要だったのだ。王子が乗ろうとしている間に、クリスタリネは自分の力について大言壮語《たいげんそうご》していたのではないことを王子になお示そうとし、宙で杖を三度振った。するとどうだろう！　突然、一万の風の精がことごとく現れた。彼らはパドマナバの杖によってクリスタリネに従順にさせられたのだ。中庭も、階段も、回廊も、そして屋根と空までもが、羽の生えた若者たちでいっぱいになった。そのうち最も見劣りする者でさえ美しさという点でヴァチカンのアポロよりも勝っていたのである。妖精たちがいるにもかかわらず、この光景に我を忘れたビリビンカーは叫んだ。

「あなたの宮殿はなんて見事なのでしょう！　あの小さなグリグリをずっとマルハナバチのままにしておくのです、奥様。この者たちに頼りなさい。もしこの愛の神々たち全員のうち一人もかの土の精の代わりが勤まらないようでしたら、不幸なことに違いありません。面白い姿以外に、不恰好《ぶかっこう》に生まれついた仲間たちに何ら勝るところがないとあなた自身が仰《おっしゃ》っていた土の精のことです。」

「少なくともお分かりになられると思いますが」とクリスタリネは答えた。「あなたの気まぐれに患う私を慰めてくれる仲間に不自由はしておりません。私くしなりに慰められていたいといつか思ったとしたらの話ですが。」

こう言うと、クリスタリネは王子に道中の無事を祈った。ビリビンカーは木ラバに乗って速歩で出て行ったが、この不思議に満ちた城で自分の身に起こったありとあらゆる出来事に思いを馳《は》せながらのことであった。

＊

「僕はあなた方のために」とドン・ガブリエルは物語を続けた。「ビリビンカーが道中自分自身について行ったあれやこれやの考えを省いて、申し上げます。」

＊

王子は、暑さが耐えられないほどになり始めた昼に、ある森の入り口でラバを降り、木々や茂みによってぐるりと陰になっている小川のほとりに腰を下ろした。まもなく王子は一人の羊飼いの娘を目にしたのである。娘はビリビンカーが日陰で横たわっている小川のところで、水を飲ませようとバラ色の雌ヤギの群れを呼び寄せていたのだ。

＊

「考えてご覧なさい、ドン・シルヴィオ。この羊飼いの娘が自分の愛する乳しぼり娘であるとわかったとき、王子の喜びがどれほど大きなものにならざるをえなかったかを！」

＊

娘は王子にとって、はじめて見た時よりもさらに十倍美しく見えたのだ。けれども王子を最も喜ばせたのは、娘が自分から逃げる代わりにますますこちらへ近づいて来て、ついに(見たところ)王子に気づかぬまま王子からそう離れていない草地に腰を下ろしたことだった。王子

は、彼女に話しかけるという無謀なことはしなかったが、しかし燃えるような鋭いまなざしで彼女を見つめたので、そのせいで小川の石がガラスに変わってしまわんばかりだったのである。美しい羊飼いの娘は、かくも力強いまなざしによっても焦がれることがないとは、かなり冷たい心の持ち主に違いなく、その間まったく落ち着き払って花輪を編んでおり、そして時おり彼を横目でちらりと見ることを怠らなかったが、彼はそのまなざしに不機嫌さなど全く見当たらないと思い違いをした。このことによって王子は大変大胆になって、相手に近づいたが、娘はそのことに気づかなかったのだ。ちょうど小さなヤギと遊んでいるところだっ

たからで、この子ヤギは毛の代わりに銀色の糸だけを生やしていて、花冠とバラ色のリボンで実にかわいらしくおめかしされていた。王子の目は、この新しい観点から、以前にもまして心を込めて娘に語っており、それに対して娘の目は時おり大変丁重に応じたので、王子はとうとう我慢ができなくなって娘の足下に身を投げ、（王子の常に倣って）娘に大変詩的な言い回しで、はるかに分かりやすくはるかに説得力のある言葉で以前話してきたことを、繰り返したのだ。心のこもった王子の悲歌が終わったあと、美しい羊飼いの娘は答えたが、娘のまなざしは冷淡になり始め、それが止むことはなかったのである。

「私は仰《おっしゃ》ることをきちんと理解できたか分かりませんが、あなたは私のことが好きだとこの間ずっと言いたかったのではありませんか。」

「何ですって、私があなたを愛しているのですって！」とうっとりしたビリビンカーは叫んだ。「私があなたを崇拝し、私がこの恋焦がれた心をあなたの足下で吐き出すと仰《おっしゃ》るのですか」。

「ご覧になってください」と羊飼いの娘は答えた。「私はまったく何の変哲もない娘にすぎません。私を崇拝せよなんて要求いたしませんし、あなたの心を吐き出さなくてもよいのです。と言いますのは、私はあなたが行き過ぎた考えをお持ちだとは思っておりませんから。あなたが私を愛してくれさえすれば、私はそれで満足です。けれども打ち明けますと、あなたが昨夜ともに過ごした妖精よりも、私は口説かれにくいですよ。」

「なんてことだ!」と狼狽《うろた》えた王子は叫んだ。「何だって。どうしてこんな事がありえようか。誰があなたにそんな事を。どこで知ったのですか。自分で言っていることが自分で分からない。ああ、哀れなビリビンカーよ!」

美しい羊飼いの娘は、王子がこの厄介な名前をまだ完全に言い終えないうちに、大きな叫び声をあげた。娘は大慌てで床から立ち上がりながら、

「そうですとも、哀れなビリビンカー」と叫んだ。「またしてもそのひどい名前で私の耳を汚さずにはおられないのですか。あなたは私があなたを嫌い、避けるようにお仕向けです。と言いますのも、私は――」

ここで、腹を立てていたガラクティネは突然、とある光景に話を妨げられた。この光景は、

王子からもガラクティィネ自身からも一瞬のうちに、他のあらゆる考えを奪ってしまったのだ。二人は、一人の巨人が近づいてくるのを見た。巨人は、花輪の代わりにいくつかの樫《かし》の若木を頭のまわりに編んでいて、歩きながら垣根の杭で歯をほじくっていた。巨人はまっすぐに羊飼いの娘に近づいてきて、あまりに恐ろしい声で娘を怒鳴りつけたので、巨人の髯《ひげ》の中に巣を作っていた二百羽以上のカラスが、ガアガアという鳴き声をあげて飛び出してきた。

「ここでこのちびと何をしているんだ、お嬢ちゃん」と、巨人は大声で言った。「今すぐわしについて来い。さもないと、お前をきざんで小さなパテにしてしまうぞ。そして貴様は」と、巨人は王子を大きな袋へ突っ込みながら、「わしの袋の中に入っていろ」と王子に向かって言った。

この実に素っ気ない挨拶の後、巨人は袋をひもで縛り、羊飼いの娘を腕に抱え、そこから急ぎ足で立ち去ったのである。ビリビンカーは空っぽの空間に落とされたと思った。というのも、終わることがないかのようにどこまでも落ちに落ち続けたからである。それでもついに王子は底へとたどり着いたが、ひもの結び目にあまりにも強く頭をぶつけたので、数分間完全に気絶してのびてしまい、頭蓋骨《ずがいこつ》が割れてしまったと思った。次第に王子は再び回復し、その時、クリスタリネにもらったエンドウのさやのことを思い出したのである。王子はさやを開けてみたが、ダイヤモンド製の小さなナイフ以外は何もなかった。ナイフにはグリフィン〔頭と翼が鷲《わし》で胴体が獅子《しし》の怪獣〕の爪でできた柄があり、三本の指でかろうじて握れる大きさだったのである。

「これが」と王子は思った。「妖精クリスタリネが僕のためにしてくれる全てなのだろうか。彼女は僕にこのおもちゃで何をせよというつもりなのか。このナイフは僕が自分の喉《のど》を掻《か》き切れるほど十分大きくなく、ひょっとすると彼女もそう思っているのかもしれない。でもやはり、自分の喉を掻き切る前に、他のあらゆることを予め試してみなければならないんだ。骨が折れるだろうけれども、僕はこの小ナイフで袋に穴をあけることができる。思い切って飛び降りなくてはならないにしても、やはり、この忌々《いまいま》しいかかしの手で自分がやつの息子用の小さな焼ソーセージにされる危険を冒すぐらいなら、どんなことだってましだ。」

この気高い決心のもと、ビリビンカー王子が――というよりむしろ、魔除《まよ》けの刻み込まれた小さなナイフが――非常に力をこめて取りかかったので、布地の糸が錨《いかり》の綱のように太かったにもかかわらず、間もなく袋にたいそう大きい穴があいた。王子は、旅路としてはちょうど森を通っているころだと気がついたので、袋から飛び降りたときに高い木の梢《こずえ》をつかむことができるようにうまく時機を見計らっていたのだ。王子はこの計画を巨人に気づかれることなくただちに実行に移した。しかし、王子がつかむつもりだった枝は王子もろとも折れ、善良なビリビンカー王子は、水がいっぱいに満ちた、かなりの深さがある大理石の泉に落ちてしまったのである。王子の下に泉があったことは全くの幸運であった。というのも、王子が森だと思っていたところには、そこからそう遠くないところにある城の一部として、とても美しい庭園があったからである。沈みながら王子は、少なくともカスピ海に落ちてしまったと思った。あるいは言い換えると、王子は全く何も思っていなかったのであり、王子は恐怖のあまり呆然《ぼうぜん》と横たわっていたのである。もし、ちょうどこの泉で水浴びをしていた一人のニンフが王子を助けようとそばへ泳いでこなかったならば、恐らく王子は人生で二度と乾いたものを見ることがなかったであろう。とても美しい若者を見ている際の危うい状況

もあって、ニンフは自分がどういう状態にあるかを忘れてしまった。実際、ニンフが服を着る前に、王子が溺《おぼ》れ死ぬということも、容易に起こりえたのだ。つまり、ビリビンカーは、我に帰ったとき、自分の顔がこの上なく美しい胸元にあると感じ、目を開けると、大きな泉の縁で一人のニンフの腕の中にいたのである。ニンフは、相手に見られたときに生まれたままの姿であっただけに、ひと目見られるやいなや、必要な生気、いや必要以上の生気を王子にもたらした。

王子は、この情事にあまりにここちよく驚かされたため、一言も口をきくことができなかった。しかし、ニンフは王子が息を吹き返したことに気づくやいなや、王子から身をもぎ離し、水の中へ飛び込んだ。相手が自分から逃げ去ろうとしていると思い込んだビリビンカーは、悲痛な叫び声をあげた。それは、新しい人形が取り上げられようとするものなら、小さな男の子があらん限りしぼりだす叫び声だったのである。美しいニンフはかくもひどい目に合わせるつもりなどおそらく少しもなかったのであろう。というのも、しばらくすると王子は、輝きにかけてはユリにも勝る背をしたニンフがまたしても水面から立ち上がるのを見たからである。ニンフは頭をいくらか上げたが、ほとんど王子に目もくれぬまま、再び水にもぐり、水中をパシャパシャと進み、服を置いていた泉のもう一方の端にまで着いた。王子がついて来るのを見ると、ニンフは上半身を持ち上げたものの、体は淡いブロンドの長い髪にすっかり包み込まれており、豊かに波打つ巻き毛が足元までたれていたので、ティトン〔老衰した老人としてゆりかごの中であやされたギリシア神話の人物〕のような者でも若返ることがある美しいながめを王子の好色な目から守っていたのである。

「随分失礼なお方ですわね、ビリビンカー王子」とニンフは言った。「ひとが一人きりでいたいときに、そんな目つきで押しかけてくるのですね。」

「美しさ極まるニンフさん、お許しいただきたいのですが」と王子は答えた。「私にはご憂慮が少々時宜《じぎ》をえていないように思えます。あなたが私に寛大にご奉仕してくださった後に、私なりに思うのですが……」

「おあいにくさま」とニンフは叫んだ。「こうした殿方はなんという思い上がりをお持ちなのでしょうか！　ちょっとした親切でもお受けになると、あなたは何かととやかく言われるのですね。寛容と同情からなるただの行いもお眼にふれるとさっそく焚《た》き付けられて、私たちを相手に勝手な振る舞いをする権利があるとお考えになります。なんということでしょうか。私は十分に情けをかけてお命を救いましたから、あなたなりにお考えになりましたことは、もしかしますと……」

「あなたはとてもひどい方で」と王子はニンフの言葉をさえぎった。「ご自身の刺激的な魅力が当然もたらす作用を、厚かましい思い上がりのせいにしてしまいます。あなたがお救いの命を私から再び取り上げようと思いでしたら（それもその筈《はず》、あなたを見てしまった者で、かくも魅力的なご様子がもたらす強奪に誰が耐えることができましょうか）、少なくとも大らかに私を死に至らしめます。あなたは何もかもを屈服させるご自身の美の記念碑を私から作り出し、見つめられている私をここで硬直させて大理石像にしてしまうのです。」

「お伺いするところでは、詩人に大層精通しておられますね」とニンフは答えた。「こんなあてこすりをどこで仕入れたのですか。」

「かつてメデューサとかいうのがいませんでしたか。」

「オヴィディウスを読まれましたね。それは間違いありません。あなたが学校の先生を敬っているということは、認められなければなりません。」

「ひどい方だ！」とビリビンカーはいらだって叫んだ。「気持ちを十分にきちんと言い表せないでいる私の心ある言葉を、生徒に当てこすった含みのある冗談と取り違えるなんて、何をお望みなのでしょうか。」

「もしも口論をお望みでしたら、それに費やしたお時間に腹を立てることになります」とニンフは王子の言葉をさえぎった。「お浸《つ》かりになっている水のなかで、私があなたよりもどんなに有利な状況にいるのか、お分かりにならないのですか。とはいえ、お願いですから、ちゃんとした方のままでおられたいのでしたら、このミルテの茂みの後ろへ行かれ、私が服を着ることをお許しになってください。」

「けれども、あなたが服を着られる際にお手伝いをすることを私に許してくださるならば、それはもっと寛大なことではないでしょうか。」

「そうお考えですか」とニンフは答えた。

「あなたのご配慮に感謝いたします。しかし、私はあなたにご面倒をかけたくありません。それに、あなたもお分かりかと思いますが、あなたよりもこの手の仕事に慣れている者たちが私には十分います。」

こう言うと、ニンフは小さなアンモン貝〔古代エジプトの主神アンモンは古代ギリシアでも牧羊の神として崇められた〕を吹いた。大きさも品質も最上級の真珠がつらなるひもに括《くく》られて首にかかっていた貝を吹いたのだ。すると、一瞬にして、泉全体が若いニンフたちでいっぱいになり、彼女たちはぱしゃぱしゃと音を立てて水から飛び出し、女主人の周りで輪になった。ビリビンカーは、向こう側に行こうとする決心がいまや以前にもましてできずにいたのである。しかし、ニンフたちに見られるやいなや、大量の水を顔にかけられたので、ビリビンカーは、第二のアクタイオン〔テバイの若き狩人アクタイオンは狩猟中に水浴中のアルテミスを見てしまったために鹿に変えられ、猟犬に食い殺されてしまった」になるのではないかという恐れから、まるで鹿の足があるかのようなすばやさで逃げ去ったのである。たえず額をさわって確かめていたが、角《つの》も枝《えだ》角《づの》もあるという感覚はなかったので、ビリビンカーはまたこっそりと戻って、自分の美しいニンフが服を着るさまをミルテの茂みのかげで見物しようとした。ところが、来るのが遅すぎて、ニンフたちは再びいなくなっていたので、彼は茂みのかげから出ようとすると、自分を救ってくれた相手の額にあやうく頭をぶつけそうになったのである。ニンフはまさにビリビンカーを探そうとしているところだった。彼女を見たとき、ビリビンカーは並々ならず驚いたのである。

「どうしたのですか、奥様」と叫んだ。「それで服を着ていると言われるのですか。」

「いけませんか」とニンフは答えた。「私が七重に織られた亜麻布《あまぬの》のヴェールに包まれているのが、お見えにならないのですか。」

「白状しますと」と王子は言った。「それがもし亜麻布であれば、私はそれを織った方を見たいものです。というのも、最良のクモの巣だって、これに比べれば帆布《はんぷ》なのですから。私でしたら、それは空気だと誓って言います。」

「それは水で織られた最高級のもので」と彼女は答えた。「クラゲから紡がれ、娘さんたちによって織られた一種の乾いた水です。それは、私たち普通の水の精《オンディーヌ》が習慣として身につける普段着であります。私たちが寒さからも暑さからも身を守る必要はないのに、私たちが身につけているとされているのとは違う他のどんな服をお望みなのですか。」

「とんでもありません」とビリビンカーは言った。「私があなたから他の服を望むなんて。しかし私の考えでは、悪くとらないでほしいのですが、先ほどでしたら、あなたがわざわざ面倒をかけて浴場から上がろうとする必要など無かったのです。」

「聞いてください、ハチミツ殿下」と、ニンフは嘲笑的に少し鼻にしわを寄せて言ったが、そのしわ寄せは彼女にとても似合っていた。「忠告を許していただきますと、道徳家ぶる習慣をお止め下さい。なにせそんなことにあなたは少しも通じていないのですから。習慣によってマナーが決まるということを、いったいご存じないのですか。あなたがハチの巣の中とは違った世界をご覧になったことがないのは、よく知られています。そこで、賢者アビセンナの忠告にしたがって、ご自分がはじめて目にするものについても何も判断しないのであれば、あなたの振る舞いは実に立派です。ところで、何か他のお話をいたしましょう。まだ昼食をおとりになっていらっしゃいませんね。若干の例外があるようですが、あなたが乳しぼり娘さんにどれほど惚れていようとも、私はあなたがため息を食べて生きていくのに慣れていらっしゃらないことをよく存じております。」

こう言い終えて、ニンフが再び小さなアンモン貝を吹くと、たちまち三人のニンフが泉から上がってきた。一人目のニンフは琥珀《こはく》製の一つの小さな食卓を持ってきたが、それは、たった一つのアメジストから切り出されたカリス三美神たち〔ギリシア神話に登場する三美神〕によって持ち上げられていたのである。別の一人が、株分けされた最高品質のイグサのマットを食卓の上に広げ、三人目が小かごを頭の上にのせて運んできて、ふたの付いたさまざまな貝をそこから出して食卓の上に置いた。「あなたはハチミツ以外のものを召し上がらないと伺っております」とビリビンカーに話しかけ、「おひとつ味わってみるとよろしいわ。それは、ただ海藻《かいそう》だけから抽出《ちゅうしゅつ》されたものですが、それほど悪いものではございません」とニンフは言う。王子はそれを食べてみたところ、それがあまりにもおいしかったので、彼はほとんど殻まで飲み込んでしまうところだった。二人が食べ尽くしてしまうと、別の泉の精《ナイアス》が二人、たくさんの杯が並べてあるサファイア製の小さな献立台とともに現れたのである。杯はすべて凝固した水から彫られており、ダイヤモンドのように硬く、クリスタルのように透明で、見たところ泉の水だけで満たされていた。しかし、ビリビンカーが水を味わってみると、それに比べると最高のペルシア産ワインでもさえない味だったのである。「お打ち明けください」と水の精が言った。「ここは、あなたが昨夜一緒に過ごした妖精クリスタリネのところよりも悪くないと思いませんこと」と。

「あなたは非常に控えめな方ですね、美しさ極まる水の精《オンディーヌ》さん」と王子は答えた。「何もかもあなたよりはるかに劣っている妖精と自分をお比べになるのですね。」

「またしても悪くおとりになりました」とニンフは答えた。「私はこのことを控えめな気持ちで言ったのではありません。そうではなく、ただあなたがこれに何とお答えになるのかを聞くためだけに言ったのです。」

「ああ、何ということだ。私の女神さん」と王子は言った。「どうして私のことをよくご存知なのですか。あなたは私に会うやいなや、私のことを名前で呼びます。」

「お分かりかと存じますが、私は妖精クリスタリネと同様にことに通じています」とニンフは答えた。

「あなたは、私がミツバチの巣で育てられましたことをご存知ですし、」

「それは二十歩離れていてもあなたからかぎ取れます。」

「私がある乳しぼり娘を愛していることもご存知です。」

「そうですとも！　それは前代未聞の愛です。乳しぼり娘が羊飼いになってしまってからというもの、あなたはいっそう惚れ込んでいます。あなたが自分の幸せをどれほど追い求めたのかは、巨人カラクリアンボリックスならいざしらず（ドン・キホーテの妄想によれば、とある姫の前に巨人カラクリアンブロが現れ、ドン・キホーテとの一騎打ちに破れたゆえに姫に仕えた）、誰に分かるでしょうか。もっとも、心配ご無用です。あなたは彼女に再び会うことになりますし、いつまでも乳しぼり娘を我がものにできる幸福にあずかるでしょう。」

水の精の飲み物がかなり効き始めたビリビンカーは「ああ!」と叫んだ。「あなたを見てしまった後で、何か別のものを見たいとか得たいとか願うことがありえましょうか、神々しい水の精さん。私に以前目があったなんて逆に思い出すこともできません。私があなたを初めて見たその瞬間に私は存在し始めたのです。あなたの最初のまなざしで私の胸の内で燃え上がった炎によってあなたの足元で焼き尽くされるという至福以外、私は何も知りませんし、何も望みもしません。」

「ビリビンカー王子」と水の精は答えた。「あなたには修辞学のひどい先生がおられたのですね。私としましては、妖精クリスタリネがあなたから馬鹿げた考えを取り払うべきだったと思っておりました。恋慕《れんぼ》の激しさを示そうとすれば、私たちの前で無意味なことを言わなければならないという考えがそれです。お望みのものを賭けてもかまいませんが、あなたが私の足元で焼けつくされたいなんて、本当のことではありません。私を信じてください。あなたが何をお望みか、私の方がよく分かっています。私と自然な感じでお話したいと思えば、あなたはもっと多くを得ることになりましょう。あなたの習い性《せい》となったこのような装飾過多の言葉でしたら、乳しぼり娘の心を動かすのには、ひょっとすると役立つかもしれません。しかし、私たちを同じやり方で扱ってはならないと、しかと肝に銘じておくのです。私のようにアヴェロエス〔スペインで生まれた十二世紀アラビアの哲学者。アリストテレス哲学の注釈で西ヨーロッパ・ラテン世界に多大な影響を与えた〕を長年研究しているような女性は、詩趣に富んだ小花によって得られるものではありません。私たちの心の琴線《きんせん》に触れたいと思うなら、私たちを納得させることができなくてはなりません。真実の力こそ、私たちを余儀なく没頭させてしまえる唯《ただ》一つのものなのです。」

ビリビンカーは自分を丸め込んだ婦人たちにやかましく言われるのにひどく慣れてしまったので、アヴェロエスの女生徒たちのもとで幸福になれる方法を示した叱責《しっせき》によって臆病になるはずはなかったのである。実際にビリビンカーの感じたところでは、抜け目の無い大げさな愛の告白よりも真実の態度で相手の心をとらえる方があまり骨を折らずにすむのであろう。水の精の魅力は、ガバリス伯爵〔モンフォーコン・ド・ヴィラールが一六七〇年に出した著作『ガバリス伯爵あるいは隠秘学をめぐる対話』では、自然の四精霊をめぐる議論が展開されている〕の確証によると、人間の娘たちの中で最も美しい者を我がものにしたいといういかなる望みよりも上回っているのだ。つまり、ビリビンカーは、相手がおよそ望みうるかぎり、次第に素直で心服するに足る様子になっていったのである。水の精は、たとえ漸層法《ぜんそうほう》〔語句が次第に重要性を増すように配列された修辞技法〕と呼ばれる修辞法の厳格な遵守者《じゅんしゅしゃ》であっても、時間のやりくりを心得ていた。そのため王子は、ちょうど夜になると、説得を何ら疑念の余地のない自明の理に変えてしまったのである。物語は二人の間に何が起こったかをこれ以上語りはしないが、もっとも、ビリビンカーが朝目覚めると、少なからず驚いたことに、前日の朝とまさに同じ寝椅子、同じ部屋、同じ宮殿におり、同じ状態にあったのである。

どうしてだかは分からないが、王子から遠くないところにいた美しい水の精《オンディーヌ》は、相手が目覚めたのに気づくと、数時間前に相手を大変魅惑した優美さで話しかけた。もっとも王子は、そのように話しかける相手に対して、今度は平然としていたのである。

「ビリビンカー王子、あなたは不幸な妖精たちに愛想《あいそ》よく振る舞うように運命づけられていたのです。私はそうした不幸な妖精の一人であることを嬉しく思っていますので、私が誰で、どれくらいあなたに感謝せずにおれないかをお話することは理の当然であります。では、私がオンディーヌと呼ばれている妖精のうちの一人であり、水という物質をすみかとすることからそう呼ばれ、その実体が水の最も微細な分子からなっていることをご存知でしょうか。私はミラベラと呼ばれています。敵意ある運命の影響から私たちを守れるものがあるのでしたら、ウンディーネたちのもとで生まれついた際に私にもたらされた序列ゆえの妖精という身分によって、私は幸せになれたことでしょう。私はある老魔術師に愛される運命にありました。自らの深い知識によって四大元素の精霊たちを無際限に支配する力を得ていた老魔術師によってです。しかし、それにもかかわらず、相手は世界で最も不快な人物でした。そして、老パドマナバのお気に入りに一人の火の精《ザラマンダ》がおりましたが、この方のご友誼《ゆうぎ》がなければ……」

「何ですって?」と王子は叫んだ。「パドマナバと言われるのですか。雪のように白くやたらと長い髭《ひげ》の男、退屈しているかわいそうな娘たちをおまるに変え、楽しい土の精たちをマルハナバチに変えてしまう男のことですか。」

「まさにその男です」と水の精は答えた。「夫の義務を果たす能力は微塵《みじん》もないくせに、夫の権利を私に行使したのは。私の前任者の一人が醜い土の精の腕に抱かれているのを見てしまってからというもの、その男は自分自身の影にすら嫉妬《しっと》するほど疑い深くなったのです。彼は土の精をみな解雇し、代わりに火の精だけを雇い入れたのですが、彼らの火のように激しい性質は、彼が考えたように、愛より恐怖の念を抱かせるのにふさわしいものでした。あなたは火の精に抱かれて灰になった美しいセメレのことをオウィディウスの物語から思い出されるはずです。しかし、このご老人は、かなり用心深いにもかかわらず、あることを忘れていました。それは、水の精の性質が彼女たちをそのような危険から完全に守り、火の精の沸き立つ炎を愛にとって少なからず好都合な穏やかな火へと和らげるということだったのです。パドマナバが自分のお気に入りである火の精をすっかり信用していたことから、私たちは望みうる限りのありとあらゆる自由を火の精から認められたのです。あなたは思い違いをされているのかもしれません、ビリビンカー王子。私たちが物資からなる恋人として振る舞ってこの機会を利用したと思っているのでしょうか。しかしそれは思い違いです。フロックスという私の友人である火の精は、世界で最も優しく、同時に最も知的な友人でした。あの方は私の心が理性によってしか射止められないことにすぐに気づきましたし、デリケートな私にかなりの配慮がありましたので、ご覧のとおり、とても繊細な肌と心を踊らす姿と一対のかわいらしい小さな足が私にあることすら全く気づいていない様子だったのです。ちなみに、私はいざとなりますと、他の者が目で語ると同じように、小さな足で巧みに語ることができました。一言で言いますと、私が精神的存在であるかのようにおつき合いしてくださったのです。他の恋人たちのように私といちゃつく代わりに、アヴェロエスの神秘に満ちた著作を分析してくださいました。私たちはまるまる数日にわたり自分たちの感性について話しました。結局のところいつもまさに同じものがあったにもかかわらず、私たちは感性に多種多様な言い回しを与えることができたので、実際には同じことを言っていても、いつも何か新しいことを言っているように思えました。王子様、私たちの友情以上に、あるいは、私たちの愛と言われたければそれでもいいのですが、それ以上に無垢《むく》なものなど何もありえなかったということがお分かりと思います。しかし、私たちの思いがどんなに純粋でも、私に仕えていた土の精で、実際には愚かな小娘がどんなに注意深くても、私たちへの嫉妬《しっと》によって開かれた多くの目に悪意をもって見られては、私たちに安全はもたらされませんでした。私が私の友達に特別な便宜《べんぎ》を図ったことに感情を害した他の火の精たちは、私たちのつきあいに敢えて辛辣《しんらつ》な批評を加えたのです。そうした批評は（彼らの申し立てによると）連中が私たちの間に嗅《か》ぎつけようとした懇《ねんご》ろ合《あ》いを根拠としていました。その一人が述べるには、私が異常なほど生き生きとしており、私の目に長い間消えることのなかった一種の輝きがあったというのです。別の者は、寝室でも講義を開講させるほど哲学に対する私の欲求が大きくなりうるなど、理解できませんでした。三人目は私たちの膝《ひざ》と肘《ひじ》にある種の共感があることを、四人目は私たちの足の間に（どのようなものなのか私には分かりませんが）ある秘密の了解があると発見したと言うのです。王子様、お分かりいただけると思いますが、たとえ形而上《けいじじょう》的な魂がかなり頻繁に屈する気晴らしのうちの一つにおいて何か同じようなことが起きたとしても、このような些細《ささい》なことを徳の損失として解釈しようともなれば、私たちの敵が抱くような悪意と即物的な考えが必らず生じました。なにせ徳というのは、倫理学における最も厳しい原則によって、確固たる評判の中で保たれ続けてきたからです。

　そうこうするうちに、私たちの不機嫌から出たつぶやきがとても大きくなったので、そうした暗示によく聞き耳を立てていた老パドマナバにもついに届いてしまったのです。彼は、私の美徳や、少なくとも私の血の冷め具合に対する評価が高かっただけに、それだけにいっそう激しく怒りました。私たちを不意打ちする計画が立てられ、前に述べましたいわゆる気晴らしをしている現場の一つを取り押さえることに、ついに敵は成功したのです。不運なことに気晴らしは、私たちがしばらくの間感覚麻痺《かんかくまひ》に陥ってしまったかのように思えるほど、甚だしいものでした。恐ろしいパドマナバの雷声によって、ついに私はある種の恍惚《こうこつ》状態から目覚めたのです。そうした状態にいますと、邪魔されることはとても不快であります。私が慌てふためいたかどうかはご想像できるでしょう。そんな微妙な状態にいるときに、私は衆人環視《しゅうじんかんし》の的になったのですから。それにもかかわらず、私はまだ精神が完全に失われたわけではありませんでした。私はかつての主人に、私の弁明を聞かずして有罪の判決を下さないようにお願いし、そしてアヴェロエスの形而上学《けいじじょうがく》第七章から、感覚の証言がいかに当てにならぬものであるかを論証しようとしたとき、相手の言葉にさえぎられたのです。

「わしはお前をとても愛したのだ、この恩知らずめ。わしの損なわれた名誉を償う復讐《ふくしゅう》をお前にすることはできないほど愛したのだ。お前の罰は、お前がまだ厚かましくも主張している徳を試すこと以外の何ものでもないぞ。この城を取り囲んでいる庭園地区にお前を追放する（と杖《つえ》で私に触れながら話を続けました）。お前の容姿と妖精の身分という特権は持っていろ。しかしだ、わしがここで見たような気晴らしを、相手が誰であろうと誰かとするたびに、どちらも失ってしまい、この上なく醜いワニに変わってしまえ。魔法を解くのにわしの力ではどうしようもないことを、どんなにわしが残念に思うことか。しかし将来、わしが恐れていることだが、一人の王子が現れ、王子の驚くべき星回りがわしのありとあらゆる力に逆らうであろう。

わしにできることはただ、わしの魔法を解くことと珍しい名前の持つ魔よけの力とを結びつけておくことだけだ。その名前は、ひょっとすると数千年にわたって地上のいかなる言語においても一度も聞かれることがないほど珍しいものかもしれない。」

パドマナバがこの謎めいた言葉を発した後、私は目に見えない力によって、あなたが最初に私と出会った泉の中に移されたのです。ほどなくして聞いたことですが、あの老人は私が不義を犯したという思い込みから腹を立てて城を去ってしまいましたので、あの方、つまり愛《いと》しの火の精がどうなったのか誰も知りません。私にとって彼を失ったことは慰めようがありませんでした。それで私は私に仕えたニンフたちに数日にわたりひどい顔をしましたので、中には痙攣《けいれん》をおこす者もいれば、不安のあまりその場で横になる者もいたのです。しかし、どんなにひどい痛みもいつまでも続くことなどありえません。私の痛みもやたらと長くはかかりましたが、パドマナバがわが美徳の誉れを救うために残してくれた手段を思い出すようになりました。私はあなたに何と言ったらいいのでしょう、ビリビンカー王子。五万を超える王子や騎士が百年以上も前からこの冒険に挑んだものの無駄に終わってきたことを、あなただけが成し遂げることができたのです。どんな嘆きの言葉も、どんな呪いの言葉も、この森に響くことはありませんでしたが、それは、一人の魅惑的なニンフに代わって、ニンフを抱きしめようとした不幸な者たちが、突然、とんでもないワニに……。その忌まわしさと言ったら、屈辱的な記憶を私に呼び起こしますので、これ以上は語れません。事実、この醜い変身はすぐにまた終わりましたが、彼らが魔法を解こうと新たに試みたところで、毎回、同じ結果になりました。この泉はかつて普通の大きさでしたが、もっぱら彼らの涙だけでこんなにも広く深くなりましたので、ご覧になったように、泉は小さな湖のように見えます。絶望のあまり身を投げた多くの者は、もし私のニンフたちに捕えられて再び命を吹き込まれないでいたら、中で溺れ死んでしまったのです。幸運なビリビンカー王子、あなただけが魔法を解くのに十分な力を持っていました。その魔法によって、何千人という多くの者を私の不幸の証言者にするような悲しい運命に、私は陥ったのです。」

「しかし、まさにそのことが、私がいまだきちんと分かっていないことなのです」と王子が言った。「何のためにこのような証人をことごとく必要としていたのですか。ご自身で言うようなあなたの美徳の誉れは、もしあなたがワニになるはめに一度もならなかったのであれば、何よりも正当化されたと私には思えます。」

「そんなふうにあなたやあなたのお仲間は判断されるのですね」とミラベラは答えた。「さあ、私に仰って下さい。強いられた美徳がどんな誉れを生み出すのですか。自分の思いをかなえられぬまま、同時に屈辱的な罰を目の当たりにするのであれば、自分の欲求を抑えられない女性などいるのでしょうか。しかし、美徳を愛するあまり不名誉の恐れ、いやそれどころか、ある意味では美徳そのものを犠牲にしてしまうこと、これは道徳的英雄精神の段階であり、最も高貴な魂の持ち主にしかなしえないのです。」

「そこのところをもっと分かるように説明して下さい」とビリビンカーは言った。「私はいつもならひどく愚直というわけではありませんが、しかし、あなたが言われたあれやこれやのうち一語でも理解できたならば、その語にこだわるつもりです。」

「美徳を持ち続けようとするのか手放そうとするのかが私たちに委ねられているのでしたら」と妖精は答えて言った。「私たちの美徳はひとつの功績であります。ルクレチア（ローマ王タルクイニウス・スペルブスの息子に陵辱《りょうじょく》された古代ローマの伝説的婦人）の場合、もし若いタルクイニウスに彼女の誉れを試すことができないようにしていたら、純潔の模範とされることは決してなかったでしょう。平凡な美徳でしたら、彼女の寝室にかんぬきをかけてしまったことでしょうが、気高いルクレチアは開けたままにしました。彼女はそれ以上のことを行いましたし、それどころか機会を得て、侮辱された美徳のために大きな犠牲を払ってでも世界に示そうとしたものがあるのです。つまり、彼女の輝きを奪ったどんな小さなしみでも、血で拭い消されなければならないということでした。

　このような事例からしますと、王子様、偉人の純化された考え方が道徳的な庶民が抱くさもしい考えをいかに超えているかが、お分かりになると思います。私の美徳からその最大の価値、つまり、自由意志と困難克服の喜びとを奪った魔法を解くために、私は美徳を傷つけるような状況に陥らざるをえませんでしたが、ちょっと考えただけでも自分の気高い考え方には耐えがたい罰から私を解放できる人を私はようやく見つけ出したのです。これでお分かりになられたのではないでしょうか。」

「比較を絶することですが」とビリビンカーは大声で言った。「あなたの説明はますますあいまいになります。しかし、白状しなければなりませんが、あなたはですね、私の言うことを悪くとらないでいただきたいのですが、おそらくかつてこの世で見うけられた最もおかしな気取り屋です。」

「何と言われるのですか」と美しい水の精《オンディーヌ》はかなり激しく答えた。「何ですって？ 気取り屋？ 私が？ 気取り屋と言われるのですか。本当にあなたは私のことを何もご存じないのですね。あるいはあなたはこれまで気取り屋など見たことがないに違いありません。あなたは私の人となり、作法、服装、自己表現手段のどこが気取っていると、わざとらしいと思っているのですか。どこに無理があるのでしょうか。ひと言で言いますと、私が気取り屋ではないという証明を私にしてもらいたいのですか。」

この思いがけない申し立ては、本気であることを示した相手の言い方よりも、ビリビンカーを驚かした。

「おお、奥様」と彼は答えた。「私はあなたが望むことならなんでも信じます。私は証明など必要ではありませんし、思ってもいないことですが、いかにあなたの美徳が……」

「私の美徳ですって」と妖精は叫んだ。「私が気取り屋でないことをあなたに納得させせよと、まさに私の美徳が私に迫るのです。」

「もしあなたが気取り屋ではないのでしたら」とビリビンカーは答えた。「それなら私は誓って言いますけど、私は火の精ではなく、また私の本質は十分に燃える火ではありません。」

「まあ」と水の精は言った。「婦人の前でそんな無作法な言い方をされてお恥ずかしくないのですか。何を錯覚されているのですか。いったい誰があなたの本質に何がしかを求めているのですか。あるいは、あなたが冷たいか熱いかなど、私に何の関係があるのですか。いいですか、あなたはデリカシーのない方で、女性の耳も頬《ほお》もいたわることを知りません。些細《ささい》なことで女性を赤面させるのが恥ずべき行為であるとお分かりにならないのですか。私たちの美徳は……」

「ああ、奥様!」とビリビンカーは相手の話をさえぎった。「後生《ごしょう》ですから、この言葉をもう口に出さないでください。その言葉があなたの美しい口を歪《ゆが》めてしまうことをご存知だといいのですが。できるかぎり細心のデリカシーをもって申し上げることをお許しください。私は一人の勇者が行える以上のことを自分が行ったと信じております。なにせ五万人の勇ましい英雄があっけなく命を落とした冒険を成し遂げたのですから。もっとなすべきことがあるとしましたら、私はそれをザラマンダ、ジルフェ、グノーム、ファウヌス、トリトンに委ねます。彼らには今後あなたの美徳を一気に手に入れることが堂々とできますからね。私があなたにお願いすることは、私を援助し解放していただくことだけです。」

「あなたの解放に関しましては」と美しいミラベラが答えた。「あなたは自分で手に入れることができます。と言いますのも、私があなたを呼び出したわけではないことをあなたはご存知です。しかし、あなたがもし私の援助を求めるのであれば、あなたに隠しだてせずに言わざるをえませんが、あなたの運はご自身の振る舞い次第です。このような振る舞いをとり続けるのであれば、あなたは世界中のありとあらゆる妖精の援助を失ってしまうでしょう。あなたのような恋人がかつていたことでしょうか。あなたは一日中世界を歩きまわって恋人を探し求め、一晩中別の相手の腕の中で過ごすのです。翌朝あなたの愛は再び始まり、その晩に不義が始まります。そのような振る舞いが結局どうなってほしいとお望みなのですか。あなたの羊飼い娘がこのような新種の愛を認めるのであれば、その方は極めて我慢強いに違いありません。」

「本当に！」と王子は叫んだ。「私にこのような非難をするのはあなたに実にお似合いですね！　私は言いたくありませんが、しかし私のことを信じてください。あなたのお説教は、たとえあなたがその点で偉大な師であっても、私には煩わしくなり始めています。仰っていただけたら嬉しいのですが、愛するガラクティネを昨日連れ去った忌々《いまいま》しい巨人の手から、どうしたら彼女を解放することができるのでしょうか。」

「巨人のことを気にかけることはありません」と妖精は言った。「垣根のくいで歯をほじくるような恋敵など、あなたの思い込みの半分も恐ろしくありません。私はある土の精を知っておりますが、この者は非常に小さいですが、もし実際よりも二、三百エレほど背が高ければ、カラクリアンボリックスよりも多くの損害をあなたにもたらすでしょう。要するに、羊飼い娘を再びなだめようと望むことを除いて、何も心配することはありません。その他のことはおのずとなんとかなるでしょう。万が一、私の助けが必要な状況になりましたならば、あなたにお渡しするこのダチョウの卵をお割りになりなさい。誓っていいますが、それはクリスタリネのエンドウ豆のさやと少しも変わらぬほどお役に立ちます。」

ミラベラが最後の言葉を口にするやいなや姿が消え、部屋も、宮殿も無くなったが、ビリビンカーは、一体何が起きたのか知るよしもないまま、羊飼い娘といるところを巨人カラクリアンボリックスに襲われた場所と同じ所にいた。大きなハチの巣を逃げ出してから出会った奇妙な出来事の中でも、今回ほど度肝《どぎも》を抜かれたことは他にありえない。王子は目をこすり、腕をつねり、鼻をひっぱったが、もし誰かに尋ねることができたならば、ビリビンカー王子とは自分なのか他の者なのかと尋ねたいほどだった。考えれば考えるほど、おそらく全てが一場の夢にすぎなかったのだろうと思われたのだ。このような考えに確信を抱き始めたとき、王子は一人の女狩人《かりゅうど》が茂みから出て来るのを見たが、その姿や立ち振る舞いからするとディアナそのものに他ならないように思えたのである。金のミツバチが織りこまれた緑の服はひざまでまくり上げられており、胸の下はダイヤモンドのベルトでしめられていた。女の艶《つや》やかな髪の一部は真珠のひもで結《ゆ》って束ねられ、残りは少しばかりカールして白い肩になびいている。手には狩猟用の投げ槍をもち、金の矢筒が背中で音をたてていた。

「今度こそ夢を見ていないことはまだ確かだ」とビリビンカーは思ったのである。そんなことを考えていると、女狩人《かりゅうど》が近づいてきたので、相手が愛しいガラクティネであることが分かった。女神の装いによってもたらされているいでたちの時ほど、相手が魅力的に思えたことは無かったように王子には思えたのだ。王子は少し前まであれほど自分をとりこにしていた

クリスタリネもミラベラもたちまち忘れてしまい、相手の足もとに身を投げ出しながら再び相見えた喜びを表明し、しかもありとあらゆる恋人の中で最も誠実な者ですらそれ以上はなしえないというほど生き生きと表現したのである。しかしながら美しいガラクティネは王子が思っている以上に王子のことを知っていた。

「何ですって」と相手は言って優美な顔をそむけたが、顔に浮かんだ不機嫌は王子に新たな魅力を与えるだけであった。「かつて私から受けた好意を度重なる無礼によって失いながらも、いまだにぬけぬけと私の目の前に現れるのですか。」

「神のようなガラクティネよ」とビリビンカーは相手に答えた。「私が即座にあなたの足もとで死んでしまえとお望みでないのならば、私のことでお怒りになることも、私から目をそらすこともお止めになって下さい。」

「このような戯言《たわごと》はお止めなさい」と美しい女狩人は言った。「道すがら女性に出くわすたびにあなたの習い性で相手に戯言を費やしておられるのですね。あなたは私を愛したことなどないのです、気まぐれ屋さん。誰もかれも愛する者は誰も愛していないのですから。」

「一度たりとも」とビリビンカーは目に涙を浮かべて叫んだ。「一度たりともあなた以外の女性を愛したことなどありません。このことは真実ですので、とあるお城で私の身に起きたことはことごとく夢にすぎないとお誓い申し上げたいのです。少なくとも私なりに確言できることですが、あなたが非常に悪くお取りになっている私の妄想は意識のほんのお遊びにすぎず、私の心はそのことに少しも関っておりませんでした。」

「繊細な気品がなすことです」と女狩人は答えた。「それを妄想だと言われるのですか。言っておきますが、妄想にかられた恋人など私には要りません。私はアヴェロエスの哲学を一度も学んだことがありませんし、恋人の意識が私に不実でありながら、その心がいかに潔白でありうるのかなど、実利的な人間である私には分かりはしません。」

「せいぜい今回一回くらいはお許し下さい」とビリビンカーはむせび泣きながら言った。「私に、あなたを許せと？」と美しいガラクティネは相手の言葉をさえぎった。「それになぜ私があなたを許さなければならないのでしょうか。私を一度よくご覧なさい。ひょっとすると私のような顔つきをしながら無理に許さなければならないのでしょうか。あるいは、あなたのお考えでは、私があなたを得たいと思うなら、恋人を得るために、あなたが私に対してお望みの忍耐を持たなければならないのですか。いいですか、あなたによって勝手気ままに投げ出された心をもっとよく価値評価できる者は他に二十人いますが、その中から誰を選ぶかは、まったく私次第なのですよ。」

この言葉は、それに伴う一瞥《いちべつ》で強い語調が少なくとも半分に弱められていたが、哀れなビリビンカーを完全に絶望へと追いやったのである。

「何ですって、残酷なお方よ」と彼は叫んだ。「そのようにあなたは私の死を望んでいるのですか。私の涙はあなたの気持ちを和らげることができないのですか。いいえ、すべての神々に誓って言います。私なりに認めるにないことですが、ビリビンカー以外の別の者が……」

「ああ、あらゆる恐ろしいものの中でも最も忌《い》むべきもの」と激怒したガラクティネは叫んだ。「あなたはこの忌まわしい名前をもう一度私に聞かせようとするのですか。その名前はもう二度も私の心をえぐったではないですか。私の目の前から永遠に消えうせるか、私があなたやあなたの呪われた名前に対して誓った絶え間ない憎悪の中でも最も酷《ひど》いものをお待ちなさい。」

ビリビンカーは美しい愛しの人が突如としてあまりにも激しい怒りにかられるさまを見て、全身が震え上った。そしてあまりにも心を傷めながらビリビンカーという名前とその名を自分に授けた者とを呪った。それで、まさにこの瞬間に六人の荒くれ男たちが全速力で森から飛び出してきて、目の前でその美しい狩人を襲うさまを見なかったのならば、ひょっとすると（私としてはこのことを確かなこととして別に言うつもりはないのですが）すぐ近くのオークの木に走って首をぶつけたであろう。この荒くれ者たちが並みの人間よりも大きな体格をし、頭や腰のまわりをオークの枝で飾り、左の肩には鋼《はがね》のこん棒をかついでいたこともあって、ビリビンカーはこのような姿の男たちを非常に恐ろしく思い、生来は勇敢であるにもかかわらず、男たちの手から恋人を救おうとする気をことごとく失ってしまった。この緊急事態に、彼は妖精ミラベラがくれたダチョウの卵のことを思い出したのである。震える手で卵を割ると、考えられることだが、以前と同様にその時の驚きは大きかった。なにせ数えきれないほどの小さなニンフやトリトンやイルカが群れをなして出てくるのを見たからだ。彼らはたちまちのうちに等身大の大きさになり、ある者は自分たちの水がめから、他のものは鼻の穴から膨大な量の水を流し出したので、一分もかからないうちに王子のまわりに海ができ、水平線をすっかり覆ってしまったのである。王子自身はイルカの背中におり、イルカが王子を乗せてそっと泳ぎ出したので、王子には動いているようには思えなかった。王子のまわりでぴちゃぴちゃ音をたてていたニンフとトリトンたちは音楽と悪ふざけで王子を楽しませようと努力したのだ。

しかし、ビリビンカーは愛しい恋人を荒くれたちに委ねざるをえなかった場所の方ばかりを見ていた。しっかりとこらした目が届く限りどこを見渡しても水以外に何も見えなかったので、心底から悲しみ、何度も海の中に飛び込もうと思ったのである。王子は、自分が乗るイルカのまわりで泳いでいたニンフの一人の腕に落ちようとしなかったならば、間違いなく飛び込んだであろう。（王子なりに賢明に距離を保っていたが）このようにしていとも簡単に誘惑に陥ることはありえたので、美しい恋人にすでに誓っていた永遠に変わらぬ思いは危うかったのである。この度のビリビンカーはかなり用心深かったので、目のまわりに絹のハンカチを結んだ。誘惑的な動きをたえず繰り返して王子の目に焼き付く美しい女性たちにすっかりと心を奪われるのではと恐れてのことであった。

このようにして王子は好ましからざる不測の事態に少しも出会わずに数時間泳ぎ進むと、

ついに思い切ってハンカチをいくらかずらして、自分がどこにいるのか見ようとしたのである。ニンフたちがいなくなっていて、ビリビンカーは大いに安心したものの、遠くに何かがあるのに気がついた。それは大きな山の尾根のように波の上にせり上っていたものである。海がかなり時化《しけ》てきたことにも気がついた。そして間もなく激しい土砂降りの雨を伴うひどい暴風が起きたが、それはあたかも海全体が空から落ちてくるような状況に他ならなかった。

この騒動の張本人は一匹のクジラだった。しかし、ふだん見かけるようなクジラではなかった。というのも、グリーンランド沿岸でよく捕獲されるクジラは、このクジラと比べた場合、顕微鏡を通して見ると一滴の水の中で幾千となく泳ぎ回る微生物とさほど変わらない大きさだったからだ。おおむね四時間ごとにクジラが潮を吹くたびに暴風が生じ、クジラの鼻穴から噴射された水の流れが原因となって、周囲五十マイルにも及ぶ急などしゃ降りをもたらした。うねりが非常に激しかったので、ビリビンカーはイルカの背にもはやつかまっていることはできず、我が身を波に委ねなければならなかったので、玉のようにあっちこっちと転がされ、ついにはクジラが吸い込むつむじ風のような空気に襲われ、怪物の片方の鼻を抜けてひきずり落とされてしまったのだ。王子は数時間にわたり絶え間なく落ち続けたが、失神して我が身になにが起きたのか分からなかった。しかし、ついに大量の水の中に落ちたことに気づいたが、それはクジラの腹のへこみを満たしている水だったのである。それもおよそ周囲五から六ドイツマイルの小さな湖だった。幸いにも自分が島か半島の岸のすぐ近くにおり、ほとんど二百歩分の距離も泳がないうちに乾いた地面に上がっていることに気がつかなかったのであれば、おそらくビリビンカーは自分の全冒険を湖の中で終えてしまったであろう。

苦境は、あらゆる技芸における発見の母として、ビリビンカーの人生で初めての泳ぎであったにもかかわらず、この度は泳ぐことを教えた。幸いにも王子が岸に着くと、他の岩と同様に石でできていたが、クッションのように柔らかい岩の上にきちんと座った後は、自分の服を日なたで乾かす間、快い香りで元気を取り戻したである。それは、涼しげな陸風が岸をおおうシナモンの森から王子の方に吹いてきた風であった。しかし、なんとしてもその陸地を自分の目で確かめ、そこに人が住んでいるのか、住んでいるとしたら誰なのかを知りたがったので、いくらか回復するとすぐに岩から跳びおりて、森の中を半時間歩き回ると、ついに遊歩庭園に行き着いたが、そこでは大地全体にあると思われるありとあらゆる木、灌木《かんぼく》、植物、花、薬草が入り混じりながら品よく秩序をくずすように並べられていたのである。この技術は造園上うまく隠されており、何もかもが自然の単なる戯れのように見えたのだ。王子が目にしたのは、ここかしこの茂みや洞窟で、まばゆいほど美しいニンフたちが横になっている姿であり、小さな小川がニンフたちの水かめから流れ、庭を蛇行し、多くのところでありとあらゆる形となって高々と上がり、別のところで滝となり、あるいは大理石の水盤にたまる様子だった。この泉にはありとあらゆる類の魚が群がっており、魚たちはその種の生き物が有する習慣に反して実にかわいらしく歌ったので、ビリビンカーはすっかり心を奪われてしまったのだ。とりわけある種のコイには驚嘆した。この世で最も美しいソプラノの声をしており、最上のカストラートに名誉として与えられたトリルで歌っていたからである。王子はかなり長い間、この上ない喜びにひたりながらコイに耳を傾けた。しかし、こうしたありとあらゆる不思議な出来事によって、この魔法の島が誰のものなのか、そして自分が思ったとおり実際に地下世界にいるのかとますます知りたくなり、それで歌をうたう魚たちにいろいろと尋ねたのだ。魚たちがあまりにも美しく歌うので、おそらく話すこともできるのではないかと思ったのである。しかしながら、魚たちはたえず歌い続けるだけで、何も問いに答えることはなく、王子が言ったことにただ注意を向けるばかりだった。

それで王子は尋ねることをようやく諦め、絶えず先へと進んで行くと、ついに大きな菜園に行きついた。そこでは、ありとあらゆるサラダ菜、根菜、サヤ類やツル類の野菜が植えられており、可能なかぎり美しい庭園になってはいるものの、見たところ、何ら手入れをされていないため、野菜ははなはだしいほど不規則に伸びていたのだ。さて王子はなんとかしてこの荒れた菜園を通って行こうとしていると、偶然にも右足を大きなカボチャにぶつけた。それは中国の高官に見られる太鼓腹にかなり似ていたものの、大きな葉の下に隠れていて王子にはすぐにそれとは分からなかったのである。

「ビリビンカーの旦那《だんな》」とカボチャが大きな声で言った。「できれば次回は足元をちょっと見てもらい、誠実なカボチャのへそを踏まないようして下され。」

「お許しくださいい、カボチャさん」とビリビンカーは言った。「実際のところ、思いがけず起きてしまったことなのです。今私が目にしているとおり、カボチャがこの島では名士であることを予想できましたならば、きっともっとよく注意したでありましょう。しかしながら、私は嬉しいことに、このちょっとした偶然によってあなたとお知り合いになれたことを喜んでいます。と言いますのも、望むらくは、私に好意をお寄せいただき、私がどこにいるのか、ここで私が見聞きするありとあらゆることから何をすべきなのかをご教示していただければと思っております。」

「ビリビンカー王子」とカボチャは答えた。「お会いできましたことをこの上なく嬉しく思っておりますので、私にできますどんな些細《ささい》なご奉仕でもあなたのために実に快く行いたいと思っております。あなたはクジラの腹の中におり、この島は」

「クジラの腹の中だって」と相手をさえぎりながらビリビンカーは叫んだ。「このことはこれまで私の身に起ったどんなことよりも上回っています。ここであなたに誓います、カボチャさん。私は生涯もはや何事にも驚きません。本当ですとも！　クジラの腹の中には空気や水、島や菜園、いやそれどころか私の気づくところでは、太陽と月と星があり、中の岩はクッション同様に柔らかく、魚は歌い、カボチャがしゃべるのであれば」

「この点に関しましては」とカボチャが同じようにさえぎった。「どうぞお聞きになっていただきたいのですが、この点で私はこの庭の他のどんなカボチャやキュウリやメロンよりも勝っています。あなたは他の百個のものたちを踏みつけてしまったところで、彼らから一言も耳にすることはなかったことでしょう。」

「重ね重ねお詫《わ》び申し上げます」と王子が答えると、

「決してそれには及びません」とカボチャは言った。「はっきりと申し上げますと、このようなことにならなければ、私には残念だったでしょう。私はここでもう随分と長い間あなたのお越しをお待ちしておりましたので、ついにイライラして、このような幸せな出来事にいつかめぐり会えるという望みを失い始めていました。私の言うことを信じていただきたいのですが、百年もの間カボチャであることは、そんなことのために生まれてこなかった者にとって腹立たしいことなのです。とりわけおしゃべりを愛し、よきお付き合いに慣れている場合にはなおさらです。しかし今、あなたがあの忌々しいパドマナバに対して私の復讐《ふくしゅう》をして下さる時になりました。」

「パドマナバについて何を仰っているのですか」とビリビンカーは叫んだ。「あの美しいクリスタリネをおまるに変え、さらに美しいミラベラが自分の美徳を試そうとするたびに、ワニになるように判決を下したあの魔術師のことを仰っているのですか。」

「このようなお尋ねを聞きますと」とカボチャは答えた。「私は自分が思い違いをしていなかったと確信します。と言いますのも私はあなたをビリビンカー王子だと思ったからです。私には分かるのですが、伊達《だて》じいさんの魔法の半分が効かなくなり、私の解放の瞬間が来ているのです。」

「それではあなたも魔術師のことで文句があるのですね」とビリビンカーは尋ねた。

「このお尋ねに笑ってしまいましても、私のことを悪く思わないで下さい」とカボチャは答えた。（実際のところ、カボチャがあまりにも大きな声で笑うと、巨大な太鼓腹のせいで息が短くなっていたこともあり、しばらく息が切れて咳《せ》き込まなければならず、やっとのことで再び話すことができるようになったのだ。）カボチャは続けて言った。「それではお気づきではありませんか、私は見た目よりもいくらかましなはずです。美しいミラベラがある火の精のことを言っておりませんでしたか。偶然にもある状況において老パドマナバによって不意をつかれてしまった火の精のことです。」

「言っておりましたとも」とビリビンカーは言った。「ある知的な恋人の話をしておりました。恋人はアヴェロエス哲学の神秘で相手の心を楽しませたのです。なにせミラベラはちょっとした危険ですら認めたくないのですが、相手はそうこうするうちに……」

「お静かに、お静かに」とカボチャは叫んだ。「とにかくあなたは必要以上に私のことを多く知っているのですね。私がかの火の精であり、フロックスであります。私は申し上げましたし、あなたがもうご存知のことですが、美しいミラベラが老魔術師とともに一緒に過ごさなければならなかった寒さの厳しい夜の償いを幸いにも彼女にしてあげられた者が、私なのです。魔術師はかの場面に居合わせたことで愚かにも招かれざる客になってしまいました。それで、ある種の絶望に陥ってしまい、お笑い草の話ですが、かかってしまった恋煩いから癒《いや》されることはありませんでした。彼の宮殿は、いやそれどころか、どの元素の場所を望んだところで、自分で選べたどの他の滞在地であっても、彼の嫌悪となったのです。この魔術師は不死の者もそうでない者もともに信じませんでした。土の精も風の精も、トリトンも火の精も、いずれも等しく疑がわしかったのです。ひとが寄りつくことのできない完全な孤独以外に心休まる所はどこにもありませんでした。魔術師は、いろいろな計画を練り上げるやいなやすぐに退けてしまった後で、クジラの腹に引きこもることをついに思いついたのです。そこは確かに誰にも探し出されないと思えたところでした。彼は何人かの火の精にそこに宮殿を建てさせ、彼らに裏切られることがないように、私とともにちょうど同じ数のカボチャに変えてしまったのです。そのときの条件として、ビリビンカー王子によって元の姿に戻してもらえるまでは、いつまでもカボチャのままなのであります。私はすべての者の中でただ一人、理性と言葉を用いることを許されました。そのうち理性の方は、魔術師が考えたように、失われた至福を思い出して私を苦しめること以外に何ら役立つことはありえませんでしたし、言葉の方は、何度もむなしく発する『ああ!』や『おお!』か、苦労して自力で答えを出さざるをえないときのやり取り以外に何ら役立たなかったのです。しかしながら、この点でこの賢明な男はいくらか思い違いをしました。と言いますのも、カボチャの姿かたちはたとえどんなに考察に耐えないものにしても、先験的には考察に向いているからです。ですがそうは言っても、そうこうするうちに数百年もたつと次第に、私たちがかつて抱いた仮説を立証するものや私たちに新しい仮説の情報をもたらすものが次から次へと発見されます。つまり、パドマナバ氏が抱いているかもしれない考えとは違い、私が氏のささいなことを知らないというわけではありません。あなたには私の手引きで氏の用心をことごとく無に帰してもらいたいと思っております。」

「その件につきましては、あなたに大いに感謝するでしょう」と王子は答えた。「いったいいかなるおかしな使命を我が身に感じて、パドマナバ氏をからかうことになるのか、私には分かりません。ひょっとすると私は運命の影響で、そう駆り立てられているのかもしれません。と言いますのも、相手がかつてその生涯の中で私を個人的にまさか侮辱したなんてことを、私は存じ上げないからです。」

「十分な侮辱ではないですか」とカボチャは言った。「奴が原因で、アトラス山の頂に住む偉大なカーラムッサルがあなたにビリビンカーという名前を与えたのですよ。それは、愛《いと》しい乳しぼり娘といる時に、あなたを三度も非常に不快にした名前ではないですか。」

「そうだとしますと、老パドマナバのせいで、私の名がビリビンカーというのですか」と王子は驚きに満ちながら尋ねた。「少しばかり私に説明して下さいませんか。何がどうなっているのでしょうか。なにせ、白状申し上げますと、どうも私の名前のせいでいつも私の身に奇妙なできごとが起きるようですが、名前の秘密をかぎつけると、結局のところさんざん頭を痛めてしまったのです。とはいえ何にもまして知りたいことがあります。私が行く先々、カボチャに至るまで、誰もがすぐに私のことを名前で呼び、私についてのありとあらゆる事柄が、まるで私の額に書かれてあるかのように、実にきちんと報告されるのは、どうして起こるのでしょうか。」

「この点に関してあなたの好奇心を満足させることは、私にはまだ許されていません」とカボチャは答えた。「とにかく件《くだん》の申し合わせがひょっとすると明らかになるかもしれませんが、それはただひとえにあなた次第なのです。何と言っても最大の困難が克服されているのですから。パドマナバはクジラの腹の中であなたに見つかるとはおそらく思っていなかったでしょう。」

「あなたに正直に申し上げますと」とビリビンカーは相手をさえぎった。「私はパドマナバ以上に思ってもいなかったのです。きっとお認めいただけるでしょうが、パドマナバは自分の運命から逃れるためにできることなら少なくとも何であれ行いました。しかし、あなたは宮殿のことを話されましたが、それはあなたの親分がこの島の火の精たちに建てさせた宮殿のことです。思いますに、私たちは宮殿内の庭にいますが、なぜそもそも私には宮殿がどこにも目に入らないのでしょうか。」

「理由は至極当然です」とカボチャは答えた。「もしそれが見えなくもないというのであれば、間違いなく見えるでしょう。」

「見えないにしても」とビリビンカーは叫んだ。「感じ取れなくはないではありません?」

「そうではありません」とフロックスは答えた。「純粋の炎で建てられているのですから。」

「あなたは私に奇妙な宮殿のことを言われます」とビリビンカーはまたしても相手をさえ

ぎった。「ですが、炎で建てられているのなら、一体、見えないということがありうるのでしょうか。」

「その点にまさにことの奇妙さがあるのです」とカボチャは答えた。「とにかくありえようがありえまいが、変えようのないことなのです。あなたには宮殿を見ることができません。あなたが今おられるところでは、少なくとも無理です。さあ、二百歩ほどまっすぐ前に進みなさい。そうしたらあなたは熱さをお感じになり、私があなたに真実を述べていることをすぐに十分納得なさるでしょう。」

クジラの腹の中ですでに目にした異常な出来事ゆえに（実際にクジラの腹の中で異常な出来事以外に何を期待できようか）言われたことなら何でも本当だとビリビンカーが思うようになっていたが、それにもかかわらず今度は非常に意固地になっていたので、自分だけを信じようとした。それで目に見えない宮殿の方へと向かったのである。

しかし、百歩進むやいなやかなりの熱さを感じたが、それは目に見えないある種の輝きとともに向かってきたので、そのため彼の眼からは涙があふれでた。ビリビンカーが進むにつれて、熱さと輝きがしだいに増し、間もなくするとついにともに肌に刺すようになったので、もはや耐え難くなっていたのである。それで再び引き返して友を探したところ、カボチャは王子が再びやってくるのを耳にして、相手に向かって叫んだ。

「では、ビリビンカー王子、私があなたに何事かを言えば、今後は信じていただけますか。少なくともご理解いただけると思うのですが、純粋の炎でできた宮殿が熱さのために近づけず、まぶしい光があるだけで目には見えないこと以上に自然なことはありえません。」

「それに関して私は、いかにして自分が中に入ることになるのかよりも、実際のところずっとよく理解しています」とビリビンカーは答えた。「と言いますのも、申し上げますと、この宮殿に入ってみたいという押さえがたい欲求を自分のうちに感じるので、たとえ命を落としてしまうことになるにしても、私には……」

「命を粗末にすべきではありません」とカボチャは王子の言葉をさえぎった。「私があなたに言うことを我慢して行ってくださろうとするのであれば、宮殿が目に見えるようになり、そこがわら小屋であるかのように、まさに実に安心して入って行くことができましょう。そのためにあなたは実に楽な手段を必要とするだけで、それでしたらちょっとひと飛びする以上の労はかからないのです。」

「もうこれ以上の謎かけはお止め下さい、カボチャさん」とビリビンカーは言った。「何をすべきなのですか。それが楽なことであれ難しいことであれ、輝きがあるだけで見えなくなっているお城に入るためなら、私は何だってやりかねませんよ。」

「そこのザクロの後ろを約六十歩進むと」とカボチャが答えて言うには、「ジャスミンとバラの生垣《いけがき》からなる小さな迷路の中に泉があります。それは他の泉となんら違いがありませんが、ただし水の代わりに火で満たされている点が異なります。王子様、そこに向かって、この泉につかるのです。そしておよそ十五分後に再びやって来て、この水があなたにどんな効果があったかを私に仰って下さい。」

「他に何か手だてが無いのですか」と言ったとき、ビリビンカーは嘲笑《ちょうしょう》というよりも不機嫌な顔つきをしていた。「どうかしているのではありませんか、カボチャさん。火の泉につかり、それから戻って来て、その湯浴《ゆあ》みの効果がどうであったかを言えというのですか。ほんとうにそんな馬鹿げた話がかつてあったでしょうか！」

「そうむきにならないで下さい」とカボチャは答えた。「目に見えない宮殿に入るのを望むか望まないかは、あなたの自由ですから。もしあなたが先ほどなさったように決然と明言しなかったのでしたら、そのような提案をあなたにするなんて、実際のところ私には思いつきもしませんでした。」

「私のよき友であるカボチャさん」とビリビンカーは答えた。「私の気づくところでは、あなたは私をいくらか茶化そうとしていますが、今の私が冗談を解する気分ではないと、あなたに申し上げなければなりません。私は死んだ心となって宮殿の中に入ることを望みません。」

「実際それには及びません！」とカボチャは言った。「あなたにすすめる火の湯浴《ゆあ》みは、あなたが思いになるほど危険ではありません。パドマナバ自身も同じことを三日ごとに行っています。そうでなければ、あなたと同様、火だけからなる宮殿に住むことなどできません。と言いますのも、パドマナバは、アトラス山の頂きに住む偉大なカーラムッサルを除くと、全世界で最も偉大な魔術師であるとはいえ、あなたと変わらずまさにこの世に生まれた者だからです。そうです、この泉はパドマナバ自身が用いる魔術の最大の秘密の一つであり、これを使わずしては、ちょっとした喜びすら手に入れることはできません。それは、自分の宮殿に閉じ込めている美しいザラマンダリンと味わっている、あるいは味わっていると思い込んでいる喜びのことです。ただし、そう言えるのは、ティトンが恋人のアヽウヽロヽラにできる振る舞いが楽しみと呼ぶに値する場合に限られます。」

「それでは、彼のところに美しいザラマンダリンがいるのですか」とビリビンカーは尋ねた。「言うまでもありません」とカボチャは答えた。「いたずらにクジラの腹の中に閉じこもる者がいるとお思いですか。」

「とても美しい方なのですか」とビリビンカーは続けた。

「あなたはおそらくザラマンダリンを一度も見たことがないに違いありません。そんなことを尋ねるぐらいですから」とカボチャは答えた。「人間の中で最も美しい女性も、私たちの美女の中で一番劣るものと比べると、メスの小猿と何ら変わりがないことをご存じないのですか。実際に、私は水の精を一人知っております。最も美しいザラマンダリンと優劣を争えるかもしれない者です。ただし、それは水の精がことごとくいる中でミラベラのような美女に限られます。」

「ああ、そのことでしたら」とビリビンカーは相手の言葉をさえぎった。「老パドマナバのザラマンダリンがミラベラほど美しくないのでしたら、人間の美女たちをザラマンダリンよりかなり過小に評価する必要は無かったのではないでしょうか。ミラベラが魅力的であることは認めますが、私はとある乳しぼり娘を知っていて……」

「その娘にぞっこんなあなたは」とカボチャは嘲笑《ちょうしょう》して話をさえぎった。「あなたは美しいミラベラを一目見ると乳しぼり娘に一度も会ったことがないと誓いましたが、火のない所に煙はたたぬです。この原則に従ってあなたの情熱を判断しようとしますと……」

「ああ、本当のところ」とビリビンカーはたまらず叫んだ。「どうも私はカボチャの哲学談義を聞くためだけにここに来てしまいました。どうしたら私は目に見えない宮殿に行くことができるか、私に仰っていただきたいのですが、そうでないと苛立《いらだ》って死んでしまいます。そもそも忌々《いまいま》しい火の湯浴《ゆあ》み以外に手段はなく、そこで私が焼肉にされるのをあなたは見たいのですか。」

「こう言ってよろしければ、あなたは変です」とカボチャは答えた。「私はすでにあなたに言ったではありませんか。目に見えない宮殿にあなたが入ることに、私自身のすべてがかかっているのです。そこでは、何はともあれ尋常ではない冒険のひとつがあなたを待っています。あなたのお考えですと、私はおふざけでカボチャになっており、忌々《いまいま》しいほど窮屈な太鼓腹から解放されることが早ければ早いほどよいとは思っておらず、それと言うのも、ろくな話ではないですが、私のように思弁を働かすには太鼓腹の方が向いているからということでしょうか。もう一度申し上げますが、灼熱《しゃくねつ》に焼き尽くされずに宮殿の中へ入るには、私が提案した火の湯浴《ゆあ》み以外に他に手段はありません。仰《おっしゃ》るように苛立《いらだ》ちで死ぬ前に、数分試してみる時間があるではありませんか。たとえそこで命を失うにしても、私はちゃんと保証しますが、別の死に方に代わる死に方にすぎず、とどのつまりは同じなのです。」

「よろしい」とビリビンカーは言った。「どうなるか見てみようではありませんか。私が今あなたに寄せている信頼を、ひょっとすると寄せてはならないのかもしれません。しかしながら私の運命の声は私の理性よりも強いのです。私は行きます。それでもし十五分以内に私から何の連絡もなければ、パドマナバがみずから思慕か嫉妬《しっと》をやめるまで、カボチャのままでいることにどうぞ耐えて下さい。」

このように言いながらビリビンカーはカボチャに挨拶をして、火の泉があるはずの迷宮へと向かった。彼が大きな丸い噴水池を見出すと、その内側は幅の広いダイヤモンドでおおわれ、火で満たされていたが、火は何らかの目に見える物質で補給されていないにもかかわらず、曲がりくねった稲妻となって高々と燃え上がり、泉の上をぐるりとおおって生い茂るバラを何ら損なうことなく燃え広がったのである。無数の色彩がこの上なく優雅に変化しながらこのような見事な炎となり、煙の代りに、実に心地よい香りの生あたたかく目に見えない蒸気が噴き出ていた。ビリビンカーはこのような驚異をかなりの時間をかけて眺めたが、その時の優柔不断さは妖精物語に出てくる主人公の名誉にならないものである。ビリビンカーは、まったく予期せずに目に見えない力で炎の真ん中に投げ出されなかったとしたら、泉のふちで相変わらず立ち続けていたかもしれない。ビリビンカーはあまりにも驚いたので、不安のあまり叫ぶこともできなかった。しかし、彼の気づいたところでは、この火が自分の髪の毛一本すらも焦がさず、ほんのわずかな痛みすらももたらさない代わりに、全身を官能的な温《ぬく》もりで満たしたので、すぐさま落ち着きを取り戻したのである。そして、まもなくそこがとても気に入ったので、火の波のまわりで水遊びをしたが、その様は清水の中の魚のようであった。だんだんと高まってきた熱さによってついに外へと出されなかったとしたら、約束の時間よりもかなり長くそのような心地よい湯浴《ゆあ》みの中で過ごしたかもしれない。それで彼は飛び出たが、その時の驚きはいかほどであったか。彼は自分がまるでそよ風のように地面の上を浮かぶほど肉体を伴わない軽さを感じただけではなく、人の目にかつてふれたありとあらゆるものを輝きと美でしのぐ宮殿を突如見たからでもあった。ビリビンカーは長い間我を忘れたように立ち尽くしたが、再び考えることができるようになると、最初に考えたことは、このような見事な宮殿が閉じこめているに違いない美女のことだったのである。というのも、この宮殿の素材に比べればダイヤモンドもルビーもそこらの敷石にすぎないと思えたので、ビリビンカーが抱いた確信によると、美しいザラマンダリンとこれまでに知り合った美女たちとの関係は、少なくともこの宮殿とよくある妖精の城との関係にまさに等しかったのだ。妖精の城では、ダイヤモンドかエメラルドの壁が築かれ、天井はルビーでおおわれ、床はパールで敷かれるなど、十分豪華に建てられていると信じられているが、だがやはりどんな建物も、この火の宮殿に比べれば、みじめな小屋以外の何ものでもなかったのである。ビリビンカーはこのように考えながら知らぬ間に宮殿に近づいていたが、光り輝く門が目の前で勝手に開いたので、最初の中庭を通って中に入って行くと、その時、カボチャからはっきりと言われたことを思い出した。火の泉につかった後は再びカボチャのところに戻るように言われていたのだ。

「おそらく」とビリビンカーは思った。「カボチャは僕に知らせることがあるはずだ。さもないと、こんな宮殿に思い切って入ることは危険かもしれない。カボチャの指示があったおかげで自分はこれまでうまくいったので、カボチャなんて必要ないなどと思い込もうものなら、思慮深さも感謝の念もともに失ってしまうだろう。だが、こんなことは滅多に起こることじゃないと考えてみるがよい。カボチャが王子の助言者だなんて、これまで誰が一体思ったことか！」

それでビリビンカーは不安が露わにならざるをえないままカボチャのもとにこっそり戻った。

「どうです！」とカボチャは二十歩手前から彼に向かって叫んだ。「湯浴《ゆあ》みはあなたにとって比べものがないほど快適だったようですね。あなたは随分と魅惑的になっているではありませんか。愛《いと》しいミラベラの徳に誓って申し上げますと、ほんの一分の間でも今のあなたの姿に耐えられると思えるザラマンダリンはおりません。しかし乳しぼり娘に対するあなたの誠意はどうなるのでしょうか。」

「カボチャさん」とビリビンカーは言った。「私がさらにあなたに向けるべき敬意をことごとく払って言うことをお聞き下さい。あなたの湯浴《ゆあ》みがもたらした状態にいる私をそのような場違いな記憶で煩わせないでくれたらよかったでしょうに。」

「お許しください」とカボチャは答えた。「ただあれこれと申し上げたいことが沢山ございまして……」

「よろしい、よろしい」と王子は相手をさえぎった。「仰《おっしゃ》りたいことはよく分かっておりますから。あなたへの答えとして申し上げますと、私の節操にひどい不信感を募らせているというお咎《とが》めがなくとも、うっとりするような乳しぼり娘を思い出すだけで、あなたの美しいザラマンダリンがことごとく束になった魅力に対しても、極めて醜い土の精のただ中にいるときと何ら変わりなく、私はしっかりとしていると思います。」

「あなたがこの尊い考えを守り抜けるかどうかは」とカボチャは言った。「いまに明らかになるでしょう。とあるお城で起こったことによってしか判断ができないにしましても、私はあなたのことを買っております。しかし、それにもかかわらず、もしあなたが宮殿に入られるのなら、あなたの誠意がほんの僅かな危険にも曝《さら》されないですむとは否定できません。敢えて入るか入らないかは、なおあなた次第です。よくお考え下さい。さもないと……」

「親愛なるカボチャさん」とビリビンカーは相手をさえぎった。「くどくどしい説明にかなりお怒りのようですね。その点であなたは高潔で几帳面《きちょうめん》な恋人のミラベラと何ら変わりがありません。私が宮殿に入ってはならないのなら、なぜ火の泉につかるようにと私に求められたのですか。親愛なる友よ、繰り返しますが、私の誠意に対してはご心配なさらないでくださいい。できれば仰っていただきたいのですが、もし私が宮殿に行きましたら、どのように振る舞うべきでしょうか。」

「この点については何も教える必要はありません」とカボチャは答えた。「と言いますのもあなたを遮《さえぎ》るものは何もないからです。どの扉もあなたに対して自然に開くでしょう。もし何か気にかかることがあるとしましたら（すでに申し上げましたように、そしてあなたが耳にしたくないことのようですが）、それはきっとご自身のお心にのみ関わることです。」

「しかし、老パドマナバが私にどのような顔をするとお考えですか」と王子は尋ねた。

「星の運行から気づくかぎり」とカボチャが答えた。「すでに真夜中で、この時間帯でしたら老人はいつもぐっすりと眠っています。しかし、万が一にも相手が目覚めたとしても、相手の怒りを何ら恐れる必要はありません。老人のどんな力もあなたの名前に宿る魔法の力に何らなす術がありませんし、これまで相手に対して得た優位から判断しますと、むろん今回は少なからずうまくいくことが期待できます。」

「どのようになろうとも」とビリビンカーは答えた。「とにかく、目に見えない宮殿に入るという冒険をやってのけようと固く心に決めています。なにせそうでもしなければ、僕がクジラのお腹の中にやってこなければならなかった理由を、きちんと述べることができませんから。おやすみなさい、カボチャさん、また会いましょう。」

「勇敢で愛すべきビリビンカーさん、幸運を祈ります」と饒舌《じょうぜつ》なカボチャはビリビンカーの後ろから呼びかけた。「妖精騎士すべての華であり誉れである君よ、どうぞご無事で。君がこのように勇敢に立ち向かう冒険が、妖精や乳母が世に存在してからというもの、いかなるメールヒェンもいまだ得たことのない結末を迎えてもらいたいものです。行きたまえ、王の賢き息子よ、運命の導くところへ。しかし、カボチャの警告を軽んじぬよう注意するのです。なにせこのカボチャは君の良き友であり、もしかするとキリスト教徒の暦作成者のような者よりも深いまなざしで未来を見ているのですから。」

カボチャはこの美しい別れの辞を述べている間、まだ話が終わらないうちに王子が既に宮殿の最初の中庭に通り抜けてしまっていたことに気がつかなかった。ビリビンカーは目の前に待ち構える冒険に今やすっかり心を奪われていたのだ。そして、火の湯浴《ゆあ》みで異常に活発になっていた想像力によって、ビリビンカーはすぐにでも会いたいと願った美しいザラマンダリンのことを抗《あらが》い難くそそられて思い描いたので、乳しぼり娘に対して何とか今回だけにかぎり裏切ってもよいのだと望まずにはいられなかったのである。こう考えているうちにビリビンカーが二つ目の中庭を通って玄関に来ると、そこから大きな騒ぎ声が響いてきた。少し聞き耳を立ててみると、それが女たちのもろもろのしわがれ声であるのが聞き取れ、激しく言い争っているようだったのである。ビリビンカーは子供のときから変わらずかなり好奇心旺盛《おうせい》だったので、このお上品な声の持ち主が誰なのか見たくてたまらなくなった。極めて豪華な大広間の扉を開けると、少なからず驚いたのである。五、六十人ほどの世にも醜い女こびとたちで広間がいっぱいになっているのが見えたからだ。こびとたちは、カロ〔十七世

紀フランスの銅版画家〕やホガース〔十八世紀イギリスの銅版画家〕のふざけた空想しか思いつくことができないような姿だった。

哀れなビリビンカーは、最初に見たとき、自分が魔女の集会に来てしまったのだと思ったので、もし彼が時を同じくしてそのようなおかしな姿を腹の皮がよじれるほど笑わなかったなら、彼は間違いなく嫌悪のあまり気を失ってしまっていただろう。これらの美しいニンフたちは事実、若い土の精に他ならず、そのうちの最も若い者でも八十そこそこの年齢であるようだが、ビリビンカーに気がつくやいなや、曲がった足の許す限りの速さで相手の方へ急いできた。

「ビリビンカー王子」と最も醜い者のうちの一人が王子に向かって叫んだ。「争いに決着をつけるのに、ちょうどよいときに来てくださいました。私どもは争ってほとんどつかみ合いになるところでしたわ。」

「まさか、あなた方たのうちで誰が最も美しいかということで言い争っているのではないでしょうね」とビリビンカーが言った。

「ええ、勿論《もちろん》そうですとも」と土の精が答えた。「あなたはそのことをすぐに言い当ててくださいましたが、しかし、考えてみてくだされ、わが美しい王子様。私はすべての者たちに私の美しさを認めさせるところまで事をもっていきましたが、その後で、この不細工《ぶさいく》が、つまりここにいる小さな陶人形が、厚かましくもいまだ私と黄金のリンゴをめぐって争うのです。」

「ああ、わが最愛の若君よ！」と、非難をうけた者が王子のふくらはぎをつねりながら大声をあげたが、この振る舞いは、彼女の意図によると、どうも愛撫《あいぶ》であるらしかった。「思い切ってあなたのご判決にお任せします。私たちの両方をよくご覧になって、私たちの一人一人を細かく観察し、ご良心に従ってご判断ください。お気持ちに従ってと私が言いましたら、それはそれで私は自惚《うぬぼ》れることになってしまいます。」

「お分かりですか」と最初の土の精が言った。「どうしてこれほどまで恥知らずになれるのでしょうか。さしあたり、この女は私より親指の幅ほども小さくはなく、どこにも違いなどないことをあなたはお認めになるでしょう。女の背中に関して言えば、私の背中はやはり女の背中に見劣りしないと思いますし、私の両足はご覧のとおりいつでも広く、女の足よりもたっぷり男の指二つ分は長いのです。私は、この女が胸の大きさと黒さのことをたいそう自慢に思っていることを、よく存じております。しかし、とはいっても、必ずやお認めいただきたいことがあります」と、彼女は自分のスカーフを外しながら言い続けた。

「私の胸は、それほど立派なものではないにしても、この女の胸よりははるかに黒いのです。」

「胸はそうかもしれないわね！」と一方が叫んだ。「そんな些細《ささい》なことであんたが勝っていることぐらい、容易《たやす》く認めてあげられるわ。なにせ私は他のすべての点であんたより勝っているのだから。」

「可笑《おか》しいでしょう、愛しのビリビンカー王子。まこと、ここにいるオナガザルの自惚《うぬぼ》れほど可笑しなものは何もございますまい。恥ずかしながら、私はやむなく自画自賛せざるをえませんが、されど、ひと目ごらんくださいまし、私の脚はあの女の脚よりどれほど曲がっているかを。これ以上とりたてて申し上げるつもりはございません。私の目が女の目より小さくて冴《さ》えなく、私の頬《ほお》が半分むくんでいて、私の下唇が分厚く垂れ下がっている様を、もしひと目見て分からないのでしたら、それは間違いなくただ盲《め》しいておられるだけです。はるかに大きな耳については申すまでもありませんし、顔には奴よりも少なくとも五、六個多くのイボがあることや、髪も私の方が長いことについても、ひと目で分かると思います。一旦《いったん》なにもかも脇において、ただ鼻についてだけお話ししましょう。実際のところ、あの女の鼻は人がおそらく目にする最も大きな鼻の一つで、もしも私の鼻を見たことがないのなら、最も美しい鼻だと言いたい気持ちに駆られるかもしれません。それどころか、ものさしで確かめるまでもありませんが、私の鼻は女の鼻よりも少なくとも半指尺《ゆびしゃく》ほど口の上に垂れ下がっているのです。慎《つつ》ましさゆえに」と彼女はすこぶる優しく見つめながら言い添えた。

「幸運な恋人だけが見ても構わない他の美点については、お話しできません。しかし、断言いたしますと、こうした点には、あなたの目にとまる外見に劣らず、大らかな性分を自慢するいわれが少なからずあるのです。望むらくは……」

「マドモアゼル」とビリビンカーは叫んだ。おかしさのあまり口をついて出てしまったのである。「厚かましくも自分を事情通だとは称しませんが、しかし実際のところ、相手があなたと美しさを競い合おうとしているなら、真面目《まじめ》であるはずはありません。この点であなたの優位は明らかです。趣味のよい土の精の殿方がこのことであなたを少しも公平に取り扱わないなんて事はありえません。」

最初の土の精はこの決着に少なからず気を悪くしていたようだった。しかしながら、ビリビンカーは美しいザラマンダリンに会いたいという焦燥《しょうそう》に駆られており、相手が長い歯の間でもごもご言うことにもほとんど何も意に介することもなかったので、引き返す前に愛らしい一同におやすみの挨拶《あいさつ》をしたのである。彼らは返事の代わりに大きな笑い声を後から送ってきたが、ビリビンカーはその意味をあまり気にかけなかった。なにせいまや目の前に宮殿があり、想像を絶する美しさにすっかり魅了されたからだ。かなりの間すっかり心から感服して眺めた後に、門の両扉が開いているのに彼は気がついた。ビリビンカーには、まさに幸《さい》先《さき》がよく、試みは最後に有終の美を飾るだろうと思えたのである。それで希望にあふれた思いで中に入り、階段を上って行くと、広い廊下に出て、そこから次々に部屋に入って行ったが、部屋は明るく、火の湯浴《ゆあ》みによって体質が変わっていたにもかかわらず、ほとんど目がくらんでしまった。

四方八方から彼の目の方に向かって光を放つ美しいものは多種多様にあり、いずれも格別なものだったが、ビリビンカーはどの部屋にもかかっていた無類の美しくて若いザラマンダリンの絵に夢中になり、他のものには一切目をくれなかったのである。この女性が老パドマナバの恋人であることを、ビリビンカーは疑わなかった。これらの絵の中でザラマンダリンは考えうるかぎりのありとあらゆる姿勢や身なりや見方をしながら、目を覚ましているときもあれば、眠っているときもあり、ウェヌス、へべ、フローラ、あるいは他の女神のときもあったので、実物のことを考えると、自分の身近に迫った喜びを期待するだけで恍惚《こうこつ》と歓喜のあまりに自分が溶けてしまうかもしれないと思ったのである。とりわけある大きな絵については、いくら見ても見あきることはなかった。絵の中では、ザラマンダリンが愛の神々にもてなされて火で湯浴《ゆあ》みをしており、神々はこの世のものとは思われない美しさに見とれて我を忘れているようだったのだ。ビリビンカーにすれば、自分が最も賛嘆するのが対象の美しさなのか絵の技巧なのか分からなかったものの、ティツィアーノ〔十六世紀イタリアの画家〕にしても、グイド〔十七世紀イタリアの画家〕にしても、ザラマンダリンの画家たちと比べると色彩の点ではへぼ画家にすぎないと認めざるをえなかったのである。この絵によってもたらされた印象があまりに生き生きとしていたので、ひどく待ちきれぬ思いでその女性に会いたいと思ったが、それは生命が宿っていない模写であってもかくも抗《あらが》い難い情欲をそそったからだ。それでビリビンカーはいくつもの部屋をくまなく捜し回ったが、誰にも出くわすことはなく、宮殿中を上から下まで捜し回り、さらに二、三度繰り返し捜し回った。しかし、誰の声も聞こえず、誰の姿も見えもしなかったのだ。ようやく半開きのドアに気がついたが、それはかつて見たことがある異常な遊歩庭園へと続くドアだった。この庭にある木も草花も並木道も東屋《あずまや》も噴水もただ火だけからなり、どれもが天然色で燃えており、まさに優美でありながら鋭い輝きを有し、全体が生み出す作用は想像力によって作り出されるどんな華やかなものをも実際に凌《しの》いでいたのである。

ビリビンカーはこの荘厳な光景に一瞥《いちべつ》を投げただけだった。庭園のすみに東屋《あずまや》があるのに気づくと、そこでかの美しいザラマンダリンを見つけられると思ったからだ。そこへ飛んで行くと、扉がまたしても自然に開いたので、大広間を通って別室に入ったが、そこでは堂々たる姿の老人以外に誰も見なかった。老人は雪のように白い長いひげをはやしており、寝椅子でぐっすりと眠り込んでいるようだったのである。ビリビンカーは老パドマナバだと信じて疑わなかったが、相手から荒々しくされる心配はないと確信してはいたものの、かすかな震えが止まらなかった。なにせ自分自身のもくろみでこの魔術師のすぐ側《そば》におり、何もかもが相手の意のままになる場所にいたからだ。だが、やはり何と言っても自分がパドマナバの魔法を解くために運命によって選ばれているのだという思いと、美しいザラマンダリンに会いたいという欲求とによって、ほどなくして再びすっかり勇気を与えられたのである。ビリビンカーは今にも寝椅子に近寄り、老人の脇にあるクッションに置いてあったサーベルを奪い取ってしまおうとすると、足が何かにあたるのに気づいたが、何があるのか見たわけではなかった。ビリビンカーは転んだが、両手を使ったので、かつてないほどの感じのよい小さな足首がクッションの上に伸びていることが手触りで分かったのだ。予期せぬ発見に心が動き、かくも感じのよい足首がついている脚にお目にかかりたいと思った。というのも、ビリビンカーはこのような場合、トマス・アクィナス〔中世最大の哲学者〕ならみずから行ったと思える推論を行ったのであり、つまり、足首があるところには、自然のしかるべき流れによれば、当然のことながら脚があると考えたからである。それで、観察を続けたところ、美から美へと巡り、ついには自分の目の前にありながら目に見えなかった姿から、ぐっすりと眠っているように思える若い女性を見出したが、（その存在をそれとなく彼に教えた唯一の感覚が証明するところによれば）その女性はあまりにも完璧《かんぺき》な美の持ち主だったので、ウェヌスか美しいザラマンダリンそのひと以外には有りえなかった。ビリビンカーが発見したその瞬間に、ありとあらゆる楽器の陽気なシンフォニーが耳に入ったが、楽器も楽士の姿も見えなかったのである。

ビリビンカーは驚き、目に見えない美女から震えて後ずさりをした。というのもまず何よりもこの物音が寝ている魔術師を起こすと思ったからだ。だが、さらにそれ以上驚いたことに、パドマナバの姿が消えて見えなくなっていたのである。

この魔術師は十分老獪《ろうかい》だった。自分にとってビリビンカーがいずれいかに危険な存在になるかはすでに前から分かっており、王子が自分の魔法をいつか効かなくしてしまうために生まれたようなので、王子への恐れが宮殿をクジラの腹の中に建てた一番の動機であったのだ。しかしながら、魔術師にすれば、この隠れ家にいても自分もいまや唯一の心配の種となった美しいザラマンダリンも十分に安全であるとは思えなかった。それでビリビンカーがクジラの腹の中まで自分を追って来るであろうと秘かに予感がしたので、かくも恐るべき敵が突然現れて自分を脅かすという災難から逃れるため、どんなに用心に用心を重ねたところで十分であるとは思えなかったのである。このように考えて、パドマナバは恋人に不思議な魔除《まよ》けを持たせていた。それに備わる二重の魔力によって、恋人の姿を自分以外の他人の目には見えなくし、加えて魔除《まよ》けがひとに触れられるや否や、不思議な音楽が起こるようにしていたのである。たとえビリビンカーが（と老パドマナバは思ったのだが）ありとあらゆる困難にもかかわらずクジラの腹の中に、いやそれどころか目に見えない宮殿にすらやって来ても、美しいザラマンダリンは見えないだろう。また見えないにもかかわらず火の精を見つけ出したとしても、相手が魔除《まよ》けに触れると、たちまち音楽が鳴り響いてそこにいるのがばれてしまうし、パドマナバにすれば、そのおかげで何とか悪い星回りを未然に防ぐ時間が十分に持てるのだ。このような注意はますます必要となっていたが、それと言うのも、ご年配として数年来ある種の睡魔にとりつかれていて、日々二十四時間のうち少なくとも十六時間は眠る必要に迫られていたからである。老人にすれば、前の恋人によってすべての女性への信頼が僅《わず》かしか残されていなかったことから、自分が眠っている間はずっと美しいザラマンダリンを魔法の眠りに沈め、自分以外の誰も起こすことができないようにした。ただ一人ビリビンカーのみがある状況と条件次第で同じ力を有することになり、そしてパドマナバといえばまさに同じ瞬間に自分の力を、少なくとも美しいザラマンダリンを支配する力をまったく失うことになってしまうであろう(そう運命が望んだのだ!)。老人が眠っている間にこうしたことはことごとくいとも簡単に起こりえたし、老人が自分を起こすはずの魔除《まよ》けを賢明にも取り付けていたこともあって、ビリビンカーは(たとえ彼に月並みな好奇心しか認められなかったにしても）魔除《まよ》けを至極《しごく》当然に見つけることになったのである。

＊

ここでドン・シルヴィオはドン・ガブリエルの物語をさえぎらずにおられず、魔除《まよ》けにかかわる状況をいくらかはっきりと説明してくださらぬかと求めた。

「私にはしばらく前からあなたがいつもとは違っていくらかあいまいにしていると思え（と続けて言うには）、さらに申し上げますが、老パドマナバが目覚めの折にいろいろと言いましたが、私にはほとんど半分も理解しなかったのです。」

一同全員がこの言葉に微笑《ほほえ》んだが、美しいヒヤシンスですら例外とはならなかったほどで、ドン・ガブリエルにすれば、

「ドン・シルヴィオが訴えたあいまいさは事柄そのものの本質であり、望まれるような何もかもはっきりとして分かりやすい妖精物語などそもそもほんの僅《わず》かしかありません」と言わざるをえなかったのである。今やこの釈明にドン・シルヴィオは満足したようなので、ドン・ガブリエルは物語を続けた。

＊

ビリビンカーは美しい足が（それが今度の冒険のきっかけを与えたのだが）まさにかくも美しい乙女のものであることに気づき、やっかいな魔除《まよ》けに触れてしまうと、すでに伝えられたように、たちまち魔除《まよ》けが音楽をかなで始め、パドマナバが目覚めたのである。容易に察知されるように、老人は何ら愛想《あいそ》のよい視線を私たちの王子に投げかけはしなかった。しかしながら、王子に対して何も力ずくでできなかったので、即座に姿をくらまし、可能なかぎりの素早さで、相手のもくろみを妨げようとすること以外に何も手立てがなかったのだ。それは、過度の疑いを抱かなくても、ビリビンカーにあると決めてかかれたもくろみのことである。

この王子は、いざとなると勇気を欠いてはいなかったので、目に見えない演奏とパドマナバの消え去りによってもたらされた最初の狼狽《ろうばい》からそうこうするうちに再び立ち直っていた。思ったとおり、そんなところであまり好奇心を抱くことはかなり危険ではあったが、老魔術師がどうなってしまったのか知りたいと思ったのである。それで相手を城の庭やありとあらゆる部屋の隅々までも捜したが、あらかじめ用心をしてパドマナバが残していったサーベルを身に付けてのことだった。ビリビンカーは歯の両側に実に多くの魔除《まよ》けの模様が刻み付けられているのを見出したので、この武器があれば魔術師マーリン〔アーサー王伝説に登場する魔法使い〕ですら恐れることはないと思ったのである。しかし、老人も他の者たちも見つけ出せなかったので、こうなるともはや疑いの余地がないこととして、パドマナバは逃げ出し、自分の宮殿と恋人を犠牲にしたのであった。こう思いながら意気揚々と戻り、自分のサーベルを寝椅子の上に投げ出し、愛すべき見えない女性の足元にわが身を投げ出したところ、触れられた魔除《まよ》けの音楽が実に心地よくアレグロとアンダンテを交互させながら鳴り続けていたにもかかわらず、その女性はいまだ眠り続けていたことは、いわく言い難いほど喜ばしかったのである。こうしたアンダンテのひとつがもつ魔術的影響のせいなのか（それがヨメリ〔十八世紀イタリアの作曲家〕によって編曲されていたとしても、実際にはこれ以上ねんごろにはなりえなかったであろう）分からないし、それに、ただひとつの感覚が証《あか》すことでも信じてよいのかとか、ソファーの上にいると思った比類のないこの美しい人が魔法の宮殿では希有《けう》ではない単なるまやかしかもしれないという王子に生じた（よくありがちな）疑いのせいなのかも、分からない。――分からない、と私は言っておくが、こうした原因のいずれかのせいだったのか、ビリビンカーは新たに眺めてみることで実に並々ならない現象の真実を確かめ始めたのであった。まもなく別の試みも行ってみると、これら二つのことによっても、またすぐに極度の妄想と目眩《めまい》へと高まった情念の最も激しい兆候によっても、ついに何ら疑念の余地ももはや残されることなく、現実に美しいザラマンダリンが我が腕の中にあり、この目に見える姿こそが宮殿のあちこちの部屋で自分をすっかり魅了したのだと思ったのである。このような考えと、唯一用いることのできた第五感〔触覚〕の不完全さを記憶が補う際に役立った魅力的な色彩効果とによって、ビリビンカーはあまりにも我を忘れてしまったので、このとき愛しい乳しぼり娘のことも、みずからの決意も、カボチャの警告も思い出すことができなかった。つまり、ビリビンカーがだんだんと大胆となったこともあって、部屋の暗がりが増してくると、この変化を自分の企てに対する励ましの言葉と思うようになり、しかも魔除《まよ》けの音楽がだんだんとねんごろになって行ったこともあって、実際のところこのような状況は自分の歓喜をほどほどの程度にまで引き下げるには適さなかった。注目に値するこの物語の原典にはここでまたしても小さな穴があいており、そこを埋めることは私たちの時代のベントリー〔十七〜十八世紀イギリスのホメロス研究者〕やスクリブリアラス・クラブ〔スウィフトやホープなどのイギリス風刺家が一七一二年に設立〕の者たちに任せ、私たちはその中身を推し量ることすらもかかわり合わないことにしよう。ビリビンカーは（と物語は続くが）麻痺《まひ》状態から目覚めると、それも、インドの哲人たちにすれば心地よさのあまり永遠に続くと至福の最高段階に至るような麻痺《まひ》状態から目覚めると、ちょうどその時、目に見えない美女が自分の愛撫《あいぶ》に必ずはっきりと応えることに気がついたのである。ビリビンカーはこのことから相手が起きているに違いないと思い、妖精メリゾットの巣箱で身に付けた高尚な言葉でありとあらゆる情愛のこもったことを何のためらいもなく相手に言ってみたが、それはクリスタリネとミラベラが似たような状況でビリビンカーから聞いていた言葉であった。目に見えない相手がこうした美しい告白や賞賛や感嘆や誓いに対してため息をし、媚態《びたい》を抑え、王子が動揺していない様子を疑ったことは、ビリビンカーほど夢中になっていない恋人にすれば頃合《ころあ》いがよくなく、愛すべき人物が言ったとなると不自然であると思えたことであろう。しかしながら王子は、ここで止めてしまう気など少しもなかったこともあって、そのような疑念を吹き飛ばす際によく取られる普通の手だてとして愛情の証明を倍にしさえすれば、それだけで満足したのである。王子が望む限りのありとあらゆる心づかいを相手から受け取ったものの、だからと言ってそれだけいっそう納得することはなかった。

「私に対するのとまったく同じように」と相手は言う。「ミラベラやクリスタリネを愛したのではありませんか。まったく同じように、それぞれ二人に数多くのやさしい言葉を言ったり、何度も誓いを立てたり、証拠を示したりしましたが、感覚が最初の陶酔状態にあるあなたにとりまして二人にどんなに魅力がありましても、どちらもあなたが心に固く決めた乳しぼり娘よりも優位を占めることはたった一日でもありませんでした。ああ、ビリビンカーさん、私の運命がどうなるかは、私より先の方々の運命があまりにもはっきりと私に告げるのです。数時間経ったらまたあなたを失うことになるわ。そんな悲しい気分を確信している私に無頓着《むとんじゃく》のままでいなさいなんて、どうして要求できるのでしょうか。」

これに対してビリビンカーは、

「愛は永遠であり、あなたの魅力と同じくらい無限です」と実にいきいきと、しかも厳かに相手に保証しながら答えた。「あなたは二人の妖精と自分を比較しながら、自分自身を貶《おとし》めているのです。申し上げましたように、二人は愛するに十分に値せず、かりそめの味わい以上の何物ももたらしません」

「幸いにも大広間であなたの絵を見た瞬間から、不必要にお気にされている乳しぼり娘は、この世にいる他の乳しぼり娘と同じように、僕の心を何ら支配してはいません。」と主張し、ありとあらゆる愛の神々にかけて誓ったのだ。

このように保証しても、姿の見えない美しい相手はほんの少ししか安心せず、ビリビンカーはそうした執拗《しつよう》なまでの不信を払拭《ふっしょく》するのに修辞的な言い回しを何もかも使い果たす必要があると思った。

「おお、姿の見えない実に美しいお方よ」と王子は叫んだ。「なぜ、全世界と四大すべて、そしてそこに住む者たちに、あなたに誓う変わらない誠意の証人になってもらうことはできないのでしょうか。」

「我々はみな証人である」と大勢の男女の声が叫んだ。それは、ビリビンカーの周りにいる人々から彼の耳に響いてきたのである。ビリビンカーは言質《げんち》を取られるとは予想していなかったこともあり、いくらか驚いて立ち上がり、この声がどこから来るのか知ろうとした。なんと、なんと、突然明るくなった部屋が大きく見開いた目に映し出した光景に王子がびっくり仰天したことは、どんなに口達者であっても、それを十分に言葉にできたであろうか。王子は目にした。おお、これは驚きだ！　異状な出来事だ！　恐怖に満たされた光景だ！　すでに二回、自分の不実な移り気の証人になってしまったまさにあの小部屋に、王子はいたのである。美しいザラマンダリンではなく、数時間前に賞賛していた醜い土の精の腕にからまっていたのであった。何が恥ずかしさと痛みを耐えがたいものにしようとも、見回すと、最も立ち会ってもらいたくない者たちにことごとくに取り囲まれていたのだ。一同は十分なほど残酷であった。美を損ねた者の腕からひどい嫌悪とともに逃れようと王子が思うやいなや、大きな声で笑い始めるほど、一同は残酷だったのである。笑い声は宮殿全体に反響した。ソファーの右手に目をやると（ああ！　ビリビンカーはこの瞬間、目が見えず、姿が見えなければどんなに良いかと願ったことか！〉、小さなグリグリの手を握っている妖精クリスタリネがいたのである。左側には、美しいミラベラが恋人のフロックスとおり、実際のところフロックスは、火の精として、太ったかぼちゃの姿よりもましな顔をしていた。しかし、不運なビリビンカーの苦難をさらにひどく高めたのは、彼の美しい乳しぼり娘といた妖精カプロジーネと、美しいザラマンダリンの手をとっている老パドマナバのまなざしだったのである。彼らは小さな風の精たちによって支えられた金色の雲にともに座り、あざ笑いながらビリビンカーを見下ろしていたのだ。

「ご幸運を、ビリビンカー王子！」と妖精クリスタリネが言った。「実際のところ、今の私はあなたがあれほど足早に私のもとから立ち去られましたことを許しています。かように女漁《あさ》りに奔走《ほんそう》する方なら、いくら急いでも急ぎ足りませんものね。」

「まだよく覚えていらっしゃいますね、ビリビンカー王子」と今度はグリグリが口をはさんだ。「あなた様に恩義を感じるいわれなど、これといってございません。と言いますのも、あなた様が大切であるならば、私はいつまでもマルハナバチのままでいたかったからです。

しかし、あなた様が置かれている状況でこの上あなた様を嘲《あざけ》るのはあまりにも酷でしょう。状況は、お見立て以上に受けてしかるべきだった罰とお考えください。」

「あなたを予期せず驚かしている私たちの美しさが、たとえ実際ほどあらゆる面であなたに相応《ふさわ》しくないにしましても」とミラベラは意地の悪い顔つきで続けた。「少なくとも、あなたには気取り屋ではないという長所がおありです。」

「私に関して言えば」とかつてのカボチャが言い添えた。「私がこの姿を取り戻し、美しいミラベラを手中に収めましたことが、あなたのご不幸のおかげであるとは、確かにお気の毒です。しかしながら、私がカボチャとして十分に気前よく、あなたに新たな不実を招かないようご注意した後で、あなたが私の注意を軽んじたことを火の精として喜ぶにしても、よもや私をお恨みにならないでしょうね。」

「ご覧なさい、不幸とはいえ、罰せられて当然のビリビンカーよ」と今度は妖精カプロジーネが甲高い声で言った。「カーラムッサルがお前を私の怒りから守りましたけどね。ここにおられる愛すべきガラクティネ姫をご覧なさい。乳しぼり娘として愛された方です。あなたが三度も不実を繰り返したことでご自身を姫に相応《ふさわ》しくない身にすらしてしまったとしても、あまりにも都合のよい運命によって、我が一切の憎悪にもかかわらず、姫はあなたのものになるべく定められていたのです。」

「哀れな王子よ、もし同情があなたを助けられるのならば」と美しい乳しぼり娘が言った。「いくらあなたが私から同情を受けるに値しなかったにしても、ご不幸はもっと小さいでしょう。と言いますのも、あなたの罰がその罪よりも重く、妖精や魔術師たちがあなた自身と同じくらいこの災難に責任があるということを、私はよく分かっているからです。」

これらの言葉を聴きながら、あまりにも不幸なビリビンカーは目を上げ、名状しがたい感情に満ちたまなざしを愛する乳しぼり娘に注ぎ、魂を吐き出したかのようなため息をついて、ただの一言も発することができぬまま後ろに倒れた。

「学ぶのだ」と、老パドマナバがビリビンカーに別の側から呼びかけた。「賛嘆すべきビリビンカーよ、思慮と誠実という類《たぐ》いまれなる模範を学ぶのだ。お前の大胆な振る舞いに罰を与えないままでいるほど、老パドマナバは齢《よわい》を十分に重ねているわけではないぞ。お前の物語を乳母《うば》から乳母《うば》へといつまでも語り継がれることで後世に役立てるがよい。偉大なカーラムッサルに自らの運命を尋ねたり、十八歳になる前に乳しぼり娘に会ったりするのがいかに危険かということの例としてな。」

パドマナバが再び口を閉ざすやいなや、突然、暴風と稲光を伴う恐ろしい雷鳴が鳴りひびいたので、地震で揺さぶられているような宮殿全体と、ただ一人絶望感でいっぱいだったビリビンカーを除いた一同は、恐怖のどん底に突き落とされたのだ。というのも、老パドマナバまでもが、この激しい雷雨をもたらす力が自分の力をはるかに凌駕《りょうが》していることに気づいたからである。突然、部屋の天井と宮殿の屋根全体が飛んで行ってしまうと、雷鳴と稲光の下で、偉大なカーラムッサルが陽炎獣《イッポグリフォ》に乗ったまま降りてきて、妖精カプロジーネと老パドマナバの間の雲の上に自分の場所をとった。

「ビリビンカー王子は十分報いを受けている」と、カーラムッサルは威厳のある声で叫んだ。

「運命は満たされており、わしは王子を保護する。醜い取り替え子よ〔妖精コーボルトによってすり替えられた醜い子供〕、消え去れ」と、カーラムッサルは土の精を自分の杖で触れながら言い続けた。

「そなた、ビリビンカー王子よ、この四人の美女の中からそなたが望む者を選ぶのだ。火の精《ザラマンダリン》、風の精《ジルフィーデ》、水の精《オンディーヌ》、人間の中からだ。そなたの心が選ぶ者こそ、そなたの妻となり、言うまでもなくこれまで欠点であった移り気を治してくれるはずだ。」

パドマナバにすれば、彼女をビリビンカーに取られたとなると、かくも予期せぬ展開に腹を立ててとかく歯ぎしりをしたことであろう。美女たちに関して言えば、みな期待のまなざしで王子を見すえており、まだ一言もしゃべっていない若いザラマンダリンから、特にはっきりと見て取れた。彼女にすれば、自分の居場所が醜い土の精に盗られるくらいなら、老パドマナバの許しを得て、自分のいるべき場所に自分で踏み込みたいと思ったのである。しかし、羞恥心《しゅうちしん》と絶望の極致から一瞬にしてこの上ない至福へと上りつめたビリビンカーは、どのようにして選ぼうかなどとは少しも考えつかなかった。四大を表す女性たちは美しさという点では乳しぼり娘をはるかに凌駕《りょうが》していたにもかかわらず、彼の愛するガラクティネの面前では、彼女たちのいずれの魅力もほんの一瞬たりとも彼の視線を捉えることができなかったのだ。ビリビンカーは気品に満ちた者の前にくずおれ、心からの悔恨の意とまことの愛を表して、罪の赦《ゆる》しを請うたので、「まだ願いを聞き入れてもらえるかもしれない」という希望を彼に少しも抱かせないほど、相手は無慈悲にはなれなかったのである。ビリビンカーは同じくカーラムッサルの足元にくずおれたが、カーラムッサルはビリビンカーを立ち上がらせると、手をとり、ガラクティネ姫のところへ連れて行った。

「愛すべき姫よ、ここでカカミエロ《ハチミツ》王子をわしの手から受け取りなさい。これが彼の今の名前である。わしが彼に別の名を授けるという目論見《もくろみ》は果たされたのだ。もはやビリビンカーと乳しぼり娘は存在しない。そなたたちが二人とも自分たちのむら気な星辰《せいしん》に十分対処し、妖精たちに報酬を支払った後は、わしに残された手だてと言えば、カカミエロ王子を王家の両親に返し、永遠の絆《きずな》でガラクティネ姫と結び合わせること以外に何もないのだ。美しい妖精たちよ」と、カーラムッサルはクリスタリネとミラベラの方を向いて続けた。

「そなたたちは、わしが望むように、わしの動機に満足してくれなくては困る。何しろ、もしそなたたちはわしの行いによって自分たちの姿と恋人を再び得たのだからな。しかし、もしわし一人だけ、何の収穫も得られずに終わるのなら、それは公平ではないので、わしはここで老パドマナバからあらゆる心配事を取り除いてやりながら、見えぬ姿で眠ること以外に老パドマナバのもとでは何もすることができぬ美しいザラマンダリンを、わしの骨折りの報いとし、わしのものにしよう。」

偉大なカーラムッサルは、こう言いながら杖《つえ》を三度空中で振ると、突然、王子と姫と一緒に王の間に姿を現した。かくも美しい姫とかくも美しい名前を授かりながら、かくも大きく美しくなっている跡取り息子に再会し、王様は、誰もが想像できるとおり、大いに喜んだのである。ほどなくして、厳粛で豪華な床入りの儀が執り行われた。この新婚夫婦は、続く限り長きにわたり愛し合い、幾人かの息子と娘をもうけたのである。そして、ついに老王が十九番世界へと旅立った後、カカミエロ王は父に代わって賢明な治世を行ったので、家臣たちにすれば何ら違いを感じなかった。王は友人のフロックスを、カボチャとして尽力してくれた報酬として、最初の大臣に任命したのである。美しいミラベラと妖精クリスタリネは、王妃が産褥《さんじょく》につくたびに、宮廷に姿を見せることを決して怠らなかった。二人は毎回小さなグリグリを連れてきたが、グリグリは醜かったにもかかわらず、ほとんどの女官たちから喝采《かっさい》を博したので、これには彼女らの恋人たちも見て見ぬふりはできなかったのだ。女官たちは皆、口を揃えて言った。

「はっきりと申しますと、何もかもが醜いグリグリは、この世で最も人を退屈させない話し相手だわ！」

＊

「ここで、ためになると同時に本当であるビリビンカー王子の物語は終りです」とドン・ガブリエルは言い添えた。「もしもお話を聞いて皆さんが退屈せず、しかも美しいヒヤシンスが妖精の世界に対する偏見を正すことができましたなら、私は目的を完全に果たしたのです。」

解説　創作メールヒェンとしての『王子ビリビンカー物語』

底本と図版

本書の翻訳底本は、レクラム文庫版『ドン・シルヴィオの冒険』の当該箇所（Chr. M. Wieland: Geschichte des Prinzen Biribinker. In: ders.: Die Abenteuer des Don Sylvio von Rosalva. Hrsg. von Sven-Aage Jørgensen. Stuttgart: Reclam 2001, S. 326–420.）です。訳出の際には、適宜、同書の注釈を参照しました。

また、カバー・表紙・本文中で使用した図版は、一九二二年に刊行された『ドン・シルヴィオの冒険　ユリウス・ツィンペルによる二十四枚の原画入り』（Chr. M. Wieland: Don Sylvio von Rosalva. Mit 24 Original-Lithographien von Julius Zimpel. Wien 1922）に掲載されたものと同じです。ただし、図版は同書からではなく、ポータルサイト「Goethezeitportal」（www.goethezeitportal.de）から借用した図版を使用しています。図版の使用を快諾して下さいましたミュンヘン大学のゲオルク・イェガー教授に、この場を借りて御礼申し上げます。

世界初の創作メールヒェン

さて、『王子ビリビンカー物語』は、すでに「訳者まえがき」で述べましたように、世界で最初の創作メールヒェンです。ここでは、創作メールヒェンとは何か、そもそもメールヒェンとは何か、それになぜ「メルヘン」ではなく「メールヒェン」という表記なのかという疑問に私なりに答えておきたいと思います。メールヒェンという言葉には、その素朴な印象とは裏腹に、いささか複雑な背景がありますし、しかも、そうした背景が研究者の間でも忘れられがちだからです。以下の解説は、世界で最初の創作メールヒェンの意義を今回の訳出を通じて深く理解していただくために書きました。ただし、あまり語義説明に関心のない方や、そもそもせっかくの読後感を野暮な説明で台無しにされたくないと思われる方は、特にお読みにならなくても結構です。それはそれで何の差し支えもありません。

ヤヌスの相貌

さて、メールヒェンという言葉は、ヤヌスの相貌をもちます。反対向きの二つの顔をもつ古代ローマの神のように、一方に民衆メールヒェン（Volksmärchen）があり、他方に創作メールヒェン（Kunstmärchen）があるのです。民衆メールヒェンとは不特定多数の無名の民衆によって語り継がれてきた民話のことで、代表例はグリム童話と称されている『グリム兄弟によって集められた子供と家庭のためのメールヒェン集』でしょう。このメールヒェン集が編さんされた十九世紀前半以前にも、十七世紀に成立したバジーレの『ペンタメローネ』やペローの『童話集』（正式名は『グリゼリディス』他）があります。

民間伝承収集の主たる舞台が十七世紀のイタリアから十七世紀末のフランスを経て、十八世紀後半のドイツに移ると、ヴィーラントの友人であるムゼーウスの『ドイツ人の民衆メールヒェン』Volksmärchen der Deutschen が一七八二年から一七八六年の間に世に問われる中で、もともとは単なる「話」の意味であったメールヒェンが、グリムのメールヒェン集を範に確固たる文学ジャンルになりつつありました。しかしながら、ことはそう単純ではありません。ヴィーラントの『王子ビリビンカー物語』（一七六四年）から、ゲーテの『メールヒェン』（一七九五年）を経て、ノヴァーリスやティークやフケーなどのロマン派のメールヒェンが成立し、その過程で民衆メールヒェンとは異質なメールヒェンも確立しつつあったからです。別言すれば、メールヒェンは不特定多数の無名の民衆のみならず、特定の名のある個人の手にも委ねられつつあったと言えましょう。

民衆メールヒェンに対して、創作された空想的な物語は創作メールヒェンと称されます。

中でも十九世紀中旬に次々に書かれたアンデルセンの童話集はその典型であり、代表でしょう。創作メールヒェンには、民間伝承に基づくものから作者の完全な創作によるものまで多々ありますが、不特定多数の無名の民衆による伝承ではなく、特定の個人による創作であることに力点が置かれます。成立時期が特定し難い比較的古い民間伝承を民衆メールヒェンと見なすとすれば、創作メールヒェンは成立時期が総じて特定できるどちらかと言えば新しい文学作品です。民衆メールヒェンはたとえ収集されて本の形になっても本来は「聞く」ものであり、創作メールヒェンはたとえ読み聞かせに向いていても本来は「読む」ものと言えましょう。つまり、メールヒェンは「耳」と「目」をもつヤヌスなのです。

小さな物語

「メールヒェン」の原語であるドイツ語 Märchen は、昔話、童話、おとぎ話と訳されることが多く、メルヘンと表記されることも少なくありません。フランス語ではコント・ドゥ・フェ（contes de fée）、英語ではフェアリー・テール（fairy tale）と称され、妖精物語として理解されています。しかし、帯に短したすきに長しでしょうか、いずれの訳語も適切ではありません。たしかに「メールヒェン」は昔話のように「むかし、むかし」という決まり文句で始まることも、童話のように子供向けに作られた物語であることも、おとぎ話のように本来は大人に聞かせる話であることも、さらに敢えて言えば、メルヘンのようにメルヘンチックな雰囲気をかもし出していることもあります。しかし、いずれの訳語も原語の多様なあり方の一部を強調しているだけで、核心をついてはいません。十七世紀フランスにおける妖精物語の流行が十八世紀ドイツにおけるメールヒェンの成立に大きな役割を果たしたことを考えますと、フランス語や英語の訳語はそれなりに妥当かもしれません。ただし、すべてのメールヒェンが妖精物語であるとは言い切れないので、どうしてもずれが気になります。そもそも、メールヒェンという言葉が有するヤヌスの相貌を考えると、いかなる訳語もずれてしまうのです。

それでは、いかなる訳語が原語の核心をつくのでしょうか。伝承されたものであれ、創作されたものであれ、空想的な物語は世界各地の神話にも多数あります。しかし、メールヒェンという言葉そのものが成立したのは、決して「むかし」ではありません。ドイツ語には、物語もしくは作り話を意味するメール（Mär）という言葉がありました。十五世紀頃までに遡ることができるこの古語に縮小形語尾であるヒェン（-chen）が付けられて、メールヒェン（Märchen）という言葉ができたのです。また、創作メールヒェンとは何かについて考える際、

『王子ビリビンカー物語』が『ドン・シルヴィオの冒険』の挿話であること、つまり、「大きな物語の中の小さな物語」であることも決して看過できません。メールヒェンは、一方でムゼーウスや『少年の魔法の角笛』を編さんしたアルニムとブレンターノやグリム兄弟などによって民間伝承として収集されながら、他方で、レッシングの戯曲『賢者ナータン』（一七七九年）において作中で物語られる物語と称されたように、「物語の中の物語」として次々に創作されたのです。

例えば、ゲーテの『ドイツ避難民の談話』（一七九五年。潮出版社版ゲーテ全集では『ドイツ避難民閑談集』という表題）所収の「メールヒェン」も、同じくゲーテの『ヴィルヘルム・マイスターの遍歴時代』（一八二九年）所収の「新メルジーネ」も、第一部が一八〇〇年に執筆され第二部が未完のノヴァーリス『青い花』所収の「クリングゾールのメールヒェン」も、『王子ビリビンカー物語』以降の重要な創作メールヒェンであり、大きな物語の中で語られる小さな物語であります。しかも、これらのメールヒェンはいずれも単なる挿話ではなく、形式的にも内容的にも元々の大きな物語と不即不離でありながら、作者の意識においても次第に大きな物語から独立して扱われるようになった小さな物語であります。従いまして、独立性の高い「小さな物語」であることに、原語の核心があるはずです。そう考えて、縮小形語尾を残す「メールヒェン」という表記をここでは用いました。原語の発音により近い「メーァヒェン」という表記も考えられますが、「メルヘン」という表記がすでに一般に流布しているので、「メールヒェン」という表記が最も適切と判断した次第です。たしかに創作メールヒェンは、近代のドイツやデンマークを経て現代に至るまで、世界各地で多様に展開しました。しかし、そうは言っても、いや、そうだからこそ、創作メールヒェンが特定の個人によって創作された「大きな物語の中の小さな物語」であったことは、重要であると言えます。

枠物語

ここに訳出された『王子ビリビンカー物語』を通じて、ヤヌスの相貌における「目」の輪郭がよく見えてきたのではないでしょうか。文学をめぐる状況として、言い伝えられた話を「耳」で聞くことに代わって、書き下ろされた話を「目」で読むことが加速度的に進む中で、伝承にもとづく古いメールヒェンとは別に、創作にもとづく新しいメールヒェンが文学作品として立ち上がってくるのです。創作メールヒェンは、特定の著名な作家の個人的な意識に支えられており、不特定多数の名もなき民衆がいだく集合的な無意識の産物ではもはやありません。その意味で、創作メールヒェンは、いわば近代の産物として、近代的な文学の典型と言えるのではないでしょうか。メールヒェンという言葉は、前近代的な顔と近代的な顔をもつヤヌスなのです。

ただし、創作メールヒェンの新しさのみを強調することは、勇み足かもしれません。創作メールヒェンが立ち上がるためには、ヨーロッパ文学の、いや世界文学の古典的な文学形式が必要でした。ボッカチオ『デカメロン』、チョーサー『カンタベリー物語』、バジーレ『ペンタメローネ』など、さらにこれらよりもっと古いイスラム圏の『千夜一夜物語』など、いわば世界文学の古典が有していた枠物語という古い文学形式が必要とされたのです。ヴィーラントの『ドン・シルヴィオの冒険』を筆頭に、ゲーテの『ドイツ避難民の談話』や『ヴィルヘルム・マイスターの遍歴時代』もノヴァーリスの『青い花』も枠構造を有し、「王子ビリビンカー物語」も「メールヒェン」や「新メルジーネ」も「クリングゾールのメールヒェン」も、枠物語の中の挿話、大きな物語の中の小さな物語でした。特にドイツ語圏においては、ヴィーラントが嚆矢《こうし》となり、古典的な文学形式としての枠物語を土壌に、近代的な文学形式としてのロマーンとメールヒェンが同時に育まれたのです。

古さの装い

このような古さと新しさの交わりの中で、メールヒェンはメールヒェンを自覚します。『王子ビリビンカー物語』の場合、表題にメールヒェンという言葉はありませんが、「メールヒェンで寝かしつけられるのが習い」である太鼓腹の王や「メールヒェンを王子に語ったり」する十二羽のオウムとカササギの描写がさりげなくありました。その後、メールヒェンがロマーンから分離独立して行くと、自覚はいっそう顕著になるようです。拙著『水の女　トポスへの船路』ですでに詳述したのでここでは略述にとどめますが、フケー『ウンディーネ』（一八一一年）では、主人公ウンディーネが奇妙な告白に不審を抱く結婚相手に「メールヒェンよ、子供向けメールヒェンよ」という場面や、ウンディーネから自分の素性を聞いたベルタルダが、「いつもはただ話として聞いていたメールヒェンの中のひとつにいまや自分が生きているような奇妙な気がする」という場面があります。また、「後の世になっても村の人々はこの泉をさし、これこそ棄てられた哀れなウンディーネが、こうしていつまでも恋人をやさしく腕に抱いているのだと、堅く信じていたそうである」という末文は、ひとつの民間伝承が成立する契機をそれとなく示すのです。つまり、『ウンディーネ』は民衆メールヒェンを装う創作メールヒェンであると言えましょう。

さらに興味深い例として、ハイネ『歌の本』（一八二七年）所収の「ローレライ」があります。これは、創作メールヒェンではありませんが、物語的展開を有するロマンツェとして、ローレライ伝説を扱う詩なのです。「私には分からない、／なぜこうも悲しいのか。／いにしえのメールヒェンが、／心から離れない。」という始まりからして既に、古くからの民間伝承が意識されています。ただし、この意識には、ハイネ独特のパロディーの精神が強く働いていることを見逃してはなりません。ローレライ伝説は決して「いにしえのメールヒェン」ではなく、クレーメンス・ブレンターノの詩「ルーレライ」（一八〇一年）に端を発する近代文学の産物であります。ハイネ「ローレライ」は、「いにしえのメールヒェン」を装う創作された「伝説」に対する愛着と距離を有するだけに、メールヒェンをめぐる古さと新しさの間で揺れていたのです。

『ウンディーネ』や「ローレライ」を意識しながら書かれた『人魚姫』についても少々触れておきましょう。アンデルセン最初の創作メールヒェンでは、王様はやもめです。つまり、人魚姫には母親がいません。その代わり「おばあ様」によって育てられます。この何気ない設定にはそれなりの意味があるようです。物語を展開させる力は、人魚姫が抱く人間世界への憧れであり、この憧れは話し上手な老婆によってまさに高められます。つまり、いわば世界の創作メールヒェンを代表する『人魚姫』には、典型的な語り手が設定され、口承伝承の状況が取り込まれているのです。創作メールヒェンは必ずしも民衆メールヒェンを拒みません。新しいメールヒェンはとかく古さを装うのです。少なくとも『王子ビリビンカー物語』から『人魚姫』に至るまでの展開では、概ねそう言えます。メールヒェンにおけるヤヌスの相貌は、決して分裂していたわけではありません。

いやしの物語

さて、今一度、『王子ビリビンカー物語』に話しを戻しますと、古くからヨーロッパにある伝統の力がこの新しいメールヒェンには強く働いております。こうした働きがほのめかされている場面を最後に確認しておきましょう。ビリビンカーは、美しい女性を見ると、自らの弁舌の才を駆使してすぐに口説きにかかる人物でした。こうした軽はずみな振る舞いを、水の精のミラベラが叱責《しっせき》します。

あなたには修辞学のひどい先生がおられたのですね。〔中略〕あなたの習い性となったこのような装飾過多の言葉でしたら、乳しぼり娘の心を動かすのには、ひょっとすると役立つかもしれません。しかし、私たちを同じやり方で扱ってはならないと、しかと肝に銘じておくのです。私のようにアヴェロエスを長年研究しているような女性は、詩趣に富んだ小花によって得られるものではありません。私たちの心の琴線に触れたいと思うなら、私たちを納得させることができなくてはなりません。真実の力こそ、私たちを余儀なく没頭させてしまえるただ一つのものなのです。

十二世紀に実在したアリストテレス哲学の注釈者を信奉するミラベラに対して、王子も負けてはいません。ビリビンカーは、十七世紀に自然の四精霊を探求したガバリス伯爵の証言に基づいて水の精の魅力が最も美しい人間の女性のそれを上まわることを知っていたので、相手が「たとえ漸層法《ぜんそうほう》と呼ばれる修辞法の厳格な遵守者《じゅんしゅしゃ》」であっても、ちょうど夜になったことを巧みに利用し、またしても相手と一夜をともに過ごすのでした。ここでの二人のやり取りは『王子ビリビンカー物語』が有する最も自己省察的な箇所に他なりません。というのも、恋の駆け引きが繰り返し描かれる中で、この場面だけが恋の言説の背後にある修辞学の影響を示唆し、誘惑を言語の問題として捉えているからです。この物語のある種の軽さは、至るところで認められる修辞学の伝統に支えられています。創作メールヒェンの始まりはかなり学術的です。しかし、こうした生真面目《きまじめ》な学術的伝統とビリビンカーが繰り返す軽はずみな振る舞いとのずれにこそ、創作メールヒェンとしての面白さがあり、笑いの源泉があるのではないでしょうか。

『王子ビリビンカー物語』は、「訳者まえがき」で述べたことですが、いやしの物語です。枠の内では、太鼓腹の王のほかに、風の精クリスタリネも語りによっていやされます。話し相手は、退屈している女性を紛らわす特異な才能があるグリグリでした。この醜い土の精には、語り手の自負心がそれとなく現れているのではないでしょうか。事実、グリグリの優れた話術を絶賛する中で、ドン・ガブリエルは話し終えます。この話しを聞いたドン・シルヴィオは、物語の感想を述べ合う中で、次第にいやされて行くのです。枠の内も枠の外もともに大団円で終わることは決して偶然ではありません。そして、語りが有するいやしの力は、笑いを通じて、枠物語そのものの外にも働くのではないでしょうか。今回の訳業を通じて、皆さんも何らかの大団円に行き着くことを、私は訳者として祈念しております。

あとがき

　子供のころに寝床でお話を聞いたこと、それは現実だったのでしょうか、それとも夢だったのでしょうか。太鼓腹の王のように大人になっても物語で寝かしつけられている方は別として、大抵の大人は物語で寝かしつけられたことを遥か遠い昔の出来事のように懐かしく思い出すだけです。大人はかつて必ず子供であったはずですが、大人になると幼き日の体験をとかく忘れてしまいます。かく言う私もそうで、特に寝床で聞いたお話は聞いたような気がしますし、聞かなかったような気もします。はっきりと覚えていないのは、物語を夢と現実のはざまで聞いたからかもしれませんし、あるいは、物語そのものが夢と現実の産物だからからかもしれません。

　この文章は、ウィーンで書いています。オーストリアの首都で一年間研究滞在するために、平成二十七年四月六日に家族とともに福岡空港から成田空港経由で日本を出国しました。日本を離れる前は公私にわたり多忙を極めていましたので、そのことを思い出しますと、今は夢のような毎日です。子供たちは、毎日、地下鉄でドナウ川を渡り、国連を横切り、路面電車に乗り換えて、ウィーン日本人学校に通っています。それぞれのクラスは福岡では考えられないような少人数で、子供たちは人口一七三万人の国際都市でまるで「離島生活」を送っているようです。

ウィーン到着時にはこちらでもサクラが咲いていましたが、その後はマロニエが、次にはニワトコが咲きました。今は久しぶりに梅雨のない六月を過ごしています。私は小樽で生まれ育ち、北海道大学を卒業した後、平成元年に福岡に移り住みました。移り住んだ頃は、北海道と福岡の気候風土がまったく違うことに驚き、見慣れぬ日本的な家屋や田園風景に感嘆しては、「まるでニッポンにいるみたいだ!」とよく言ったものです。ウィーンではそのように驚嘆することはあまりありません。何よりもミュンヘンで四年間の留学生活を送った経験がありますし、それに加えて、かつて毎日目にしていた日本銀行小樽支店のような建物も、実家の前にある大きなプラタナスも、北大構内に多いエルムやライラックも、ウィーンの至るところで「日常風景」として見かけるからです。

ウィーンに到着した頃は、しばらくめまいに苦しみました。きっと渡航前の疲れがたまっていたからでしょうか、それとも遠い異郷で久しぶりに見慣れた風景を見たからでしょうか。トーマス・マン『魔の山』の語り手が述べるように、「われわれ人間とその故郷との間に旋回し疾走しながら拡がっていく空間」（高橋義孝訳）の力が私にも強く働いたのかもしれません。私なりにすっかり「ハンス・カストルプ」になってしまいました。あるいは別の原因があったのかもしれません。今は、インターネットの時代、職場からさまざまな指示が容赦なくこちらにも届きます。夢見心地に浸る間もなく、何度も福岡の現実に引き戻されたことが、もしかしましたらめまいの原因だったのかもしれません。

今回の訳出は渡航前におおむね終えていましたが、訳文の点検や解説の執筆はこちらで行いました。訳業に疲れると、近所のアウガルテンを走ったり、週末には年間チケットを買った「海の家」に子供たちと一緒によく出かけます。アウガルテンは王家の城館とウィーン少年合唱団の本拠地がある美しい庭園、「海の家」はウィーンの子供たちに大人気の水族館です。いずれも夢のような施設ですが、しかし、アウガルテンを走っていても、「海の家」に行っても、すっかり夢見心地に浸ることはできませんでした。アウガルテンでは美しい庭園に不釣り合いな巨大建築がありますし、そして「海の家」そのものがまさに同じ巨大建築だからです。いずれも夢に見そうな不気味さを有します。実は、いずれもナチスドイツ時代の建物であり、「帝国の真珠」と称されたウィーンを防衛するための高射砲台だったのです。

（アウガルテンの高射砲台。訳者撮影）

私たちはウィーン二区にある集合住宅に住んでいます。住居はウィーンらしい古めかしい家屋ですが、住み心地は決して悪くありません。ウィーン日本人学校にも、ウィーン大学にも、市内中心部にも、三十分もかからない夢のような立地です。とはいえ、私は住居でもある種の現実に引き戻されてしまいました。それは、小一の息子が住居前の道路に埋め込まれている金色のプレートに気づいたときのことです。ウィーン二区はとりわけユダヤ人が多い地区、プレートを読むと、我が家の建物でも一九四二年まで三十三人のユダヤ人が狭い部屋で隠れ住み、発見され強制収容所に連行された後は、各地で殺害されました。中には二人の子供も含まれています。私がこの文章を書いている部屋にも、アンネ・フランクのような少女が息をひそめていたのかもしれません。

なお、訳文の点検時には、現在、ドイツ語の非常勤講師として九州大学や熊本大学で教壇に立たれている木田綾子さんが手伝ってくれました。木田さんは私の指導生として「ゲーテにおける枠物語――メールヒェン・ノヴェレ・ロマーン」という秀逸な博士論文を九州大学に提出し、今年の三月に学位を得た人物です。博論指導の一部が今回の「解説　創作メールヒェンとしての『王子ビリビンカー物語』」に反映されています。また、この訳業そのものが私にとってある意味では枠物語でした。拙著『水の女』（九州大学出版会、二〇一二年）執筆のために訳出し始め、訳した箇所を九州大学での講義や演習、それに一橋大学や大阪大学や東北大学などでの集中講義で扱いました。その時、一緒に読み議論をしてくれた学生の皆さんに感謝します。木田さんもそのひとりでした。なお、言うまでもありませんが、今回の訳業の責任はすべて私にあります。読者諸賢の失笑をかわないように努力したつもりですが、何かお気づきの点があれば宜しくご指摘ください。

「訳者まえがき」でも書きましたが、『王子ビリビンカー物語』はドイツ文学、いや世界文学の歴史において極めて重要な作品です。世界初の創作メールヒェンを授業で繰り返し扱っているうちにその重要性に私なりに気がつきましたし、本作品が日本のメールヒェン研究者の間でほとんど素通りされているような気もいたしました。それで私なりの下訳がありましたので、公刊を思いついた次第です。このことを同学社の近藤孝夫さんにお話ししたところ、ご快諾の返事をいただきました。文学作品をめぐる書籍市場があまりにも厳しい現実を私なりに知っておりますす。このような気骨のある出版人に文学も研究も支えられているのかもしれません。夢のような私の提案を真剣に受け止めてくださった近藤さんには、本当に感謝しております。

こうして夢と現実のはざまで今回の仕事を終えました。訳業をなんとか終えて、今はようやく安堵しています。いささか苦しめられためまいに対しても、『王子ビリビンカー物語』によって随分といやされました。メールヒェンは夢と現実の産物なだけに思わぬ力を秘めているのかもしれません。この間、ウィーンは「世界で最も住みやすい都市」に再び選ばれました。毎日、そんな町の「光」と「影」を自分なりに見続けています。もしかしましたら、この明暗こそがめまいの原因だったのかもしれません。

二〇一五年六月三〇日　ウィーンにて

小黒康正

訳者紹介

小 黒 康 正（おぐろ　やすまさ）
1964年生まれ。北海道小樽市出身。博士(文学)。
ドイツ・ミュンヘン大学日本センター講師を経て、現在、九州大学大学院人文科学研究院教授(ドイツ文学)。
著書に『黙示録を夢みるとき　トーマス・マンとアレゴリー』(鳥影社、2001年)、『水の女　トポスへの船路』、(九州大学出版会、2012年)、訳書にヘルタ・ミュラー『心獣』(三修社、2014年)などがある。

王子ビリビンカー物語

2016年2月25日　初版発行　　**定価　本体 1,500 円**(税別)

著　者　クリストフ・マルティン・ヴィーラント
訳　者　小　黒　康　正
発行者　近　藤　孝　夫

発行所　株式会社　同 学 社
〒112-0005　東京都文京区水道 1-10-7
電話　03-3816-7011
振替　00150-7-166920

印刷　研究社印刷株式会社／製本　井上製本所
ISBN978-4-8102-0319-6　　Printed in Japan